모험가 자격을
박탈당한 아저씨지만,
사랑하는 딸이 생겨서
느긋이 인생을 즐긴다
3
Enjoy new life With my daughter
Enjoy new life With my daughter
© 2019 Fuzichoco

"무슨……
크악……!"
에드먼드
용사 앨런의 파티 멤버.
고위 마법을 구사하는 현자.
양손에서 날아간
바람 마법은
가차 없는 기세로
에드먼드를 벽까지
날렸다.
© 2019 Fuzichoco

《대기에 깃든 성스러운 힘이여, 불어라!》
"바람 마법 윈드!!"
더글러스 포드
전직 모험가인 강화 마술사.
스킬 이중 사용이 특기.

"맛있는 건 다 같이 먹어야지!"
애플파이를 맛있게 먹는
두 사람을 보고 나는 마음이
충만해지는 것을 느꼈다.

캐트리
수인 여성.
어엿한 목수가 되려고
분투 중.
"흐아아아아……
마시써……!"
라비
더글러스의 양녀가 된,
많은 수수께끼를 가진 소녀.

Contents

1화 아저씨와 소녀, 둘이서 쇼핑 009
2화 아저씨와 소녀, 학습 교재를 손에 넣다 017
3화 아저씨와 소녀, 비 오는 밤을 보내는 법 025
4화 아저씨와 소녀, 실패를 두려워하지 않는다는 것 031
5화 아저씨와 소녀, 잠들어 있던 마력을 깨우다 039
6화 아저씨와 소녀, 기념일에 관해 이야기하다 043
7화 아저씨, 캐트시에게 사인을 요청받다 049
8화 아저씨, 수북한 팬레터를 건네받다 055
9화 아저씨, 격노하다 063
10화 아저씨, 옛 동료와 대치하다 071
11화 아저씨, 현자 에드먼드를 징벌하다 077
12화 아저씨와 소녀, 지키고 지켜지다 085
13화 아저씨, 딸이 부끄럽게 여기지 않는 아빠가 되고 싶다고 생각하다 091
14화 아저씨와 소녀, 문병하러 가다 103
15화 아저씨와 소녀, 장인을 찾다 113
16화 아저씨와 소녀, 딸을 처음으로 마차에 태우다 119
17화 아저씨와 소녀, 간식 시간을 즐기다 ~사과가 씹히는 애플파이와 더운 날에 최고인 레몬수~ 129
18화 아저씨와 소녀, 반가운 사람들과 재회하다 137
19화 아저씨와 소녀, 여름 임업을 돕다 143
20화 아저씨와 소녀, 엘프의 잔치에 초대받다 151
21화 아저씨, 재능의 편린을 발견하다 159
22화 아저씨와 소녀, 목재 가게를 견학하다 165
23화 아저씨와 소녀, 지진제에 참가하다 173
24화 아저씨와 소녀, 상량식을 즐기다 183
25화 아저씨와 소녀, 상처 받은 동료를 보듬고 격려하다 189
26화 아저씨, 장인들을 이어 주는 다리가 되다 197
27화 아저씨와 소녀, 새로운 『돼지의 밤울음』 탄생을 기뻐하다 207
28화 아저씨, 과보호 수준도 세계 제일 213
29화 아저씨와 소녀, 두런두런 밤중 대화 223
30화 아저씨, 텐트 치는 아이들을 지켜보다 231
31화 아저씨, 아이들의 싸움을 보고 마음을 졸이다 237
32화 아저씨, 딸이 걸어갈 길을 생각하다 243
33화 아저씨, 왕립 기사단 단장 스카우트를 간단히 거절하다 251
작가 후기 259

모험가 자격을 박탈당한 아저씨지만, 사랑하는 딸이 생겨서 느긋이 인생을 즐긴다

3

Enjoy new life
With my daughter

저자
오노나타 마니마니

일러스트
후지 초코

1화 아저씨와 소녀, 둘이서 쇼핑

Enjoy new life with my daughter

라비와 함께 발자크에 돌아왔다.

지난번에 발자크에 왔을 때는 상당한 소동이 벌어졌었기에 반성한 나는 도시에 들어가기 전에 로브의 후드를 깊이 눌러쓰고 입가를 스카프로 덮어 얼굴을 대부분 가렸다.

라비도 나를 흉내 내서 똑같은 차림이었다.

나와 똑같은 것이 굉장히 기쁜 듯했다.

옆에서 싱글벙글 걷고 있고 발걸음도 가벼웠다.

그러면서 「나, 아빠처럼 보여?」 하고 물어보니 내 얼굴은 헤벌쭉 풀어지기만 했다.

우중충한 날씨도 신경 쓰이지 않을 만큼 나는 오늘도 라비 덕분에 행복했다.

토이 베리에 있을 적에는 바다에 들어갈 수 있을 만큼 더웠지만, 최근에는 날씨가 자주 나빠져서 선선한 날이 이어지고 있었다.

지금도 하늘을 올려다보면 무거워 보이는 회색 구름이 발자크를 뒤덮고 있었다.

언제 비가 내리기 시작해도 이상하지 않은 날씨다.

들르고 싶은 곳이 몇 군데 있으니 서두르는 편이 좋겠다.

숙소는 물론 이번에도 『돼지의 밤울음』으로 잡았다.
오늘은 일단 라비와 함께 『발자크 마도구점』에 갈 생각이다.
목적은 주문해 둔 『방범용 마법 쿠쿠새』.
라비의 안전을 위해서도 한시라도 빨리 손에 넣고 싶다.
남은 두 예정은 그다지 즐거운 일이 아니었다.
하나는 북새통 마법 인쇄 상회를 찾아가 나에 관한 기사의 취급에 대해 이야기를 나누는 것.
원래 나는 분쟁을 싫어한다.
불만을 제기하는 것은 처음이라 솔직히 마음이 무겁다.
하지만 그들이 게재하는 기사는 라비의 평온한 생활을 위협한다.
이번만큼은 껄끄럽다는 이유로 피할 수 없다.
그래도 제대로 항의하자고 생각할수록 기분은 더 우울해졌다.
북새통 마법 인쇄 상회 사람이 말이 통하는 상대이길 바랄 뿐이다.
다른 하나는—.
나는 가슴 부근의 작은 주머니에 넣어 뒀던 반지를 꺼냈다.
또 다른 예정은 모험가 길드에 가서 용사 앨런이 돌아왔는지 확인하는 것이었다.
앨런에 관해서는…… 만날 것을 상상하면 어깨가 몹시 무거워진다.
그 탓에 자연스럽게 한숨을 쉬는 횟수도 늘었다.
만나는 것이 딱히 무섭지도 않고 피하고 싶지도 않지만.
아니, 정말 그럴까?
이런 감정이 드는 것부터가 사실은 만나기 싫기 때문일지도 모른다.

자신의 마음인데도 안개 낀 것처럼 아리송했다.

그들과 지내던 나날에 미련은 전혀 없다.

다만 정말로 그 마음뿐인가 하면 자신이 없어진다.

다시 앨런과 만났을 때, 답을 찾아낼 수 있을까?

하지만 솔직히 앨런이 발자크에 돌아왔을 가능성은 적다고 생각한다.

만약 이번에 앨런과 만나지 못한다면…….

나는 이 반지를 길드에 있는 유실물 보관 담당자에게 맡길 작정이다.

그 방법으로 반지가 앨런에게 돌아갈지는 알 수 없다.

하지만 이제 이 반지에― 아니, 옛 동료, 예전의 자신에게 얽매이는 나날에 종지부를 찍고 싶었다.

내 마음은 지금 라비와 보내는 매일과 함께 있다.

그 소중한 것을 지키느라 벅차다.

과거에 사로잡혀 있을 여유 따위 없었다.

그리고 예정을 끝내면 바로 발자크를 출발할 작정이다.

히스콕에서 돌아오는 길에 라비와 이야기하여 우리는 여행을 계속하기로 했다.

앞으로 어쩌면 어딘가에 집을 짓고 정착할지도 모른다.

하지만 그곳이 발자크는 아니라는 생각이 들었다.

적어도 나는 라비가 얼굴을 숨겨야만 밖을 돌아다닐 수 있는 곳에서 살고 싶지 않았다.

◇◇◇

저번에 갱신한 『발자크 마도구점』의 회원증을 꺼냈다.

마법이 걸린 문에 검은색 카드를 대니 부드러운 빛이 가득 차며 가게로 들어가는 문이 나타났다.

거친 들판에 갑자기 나타난 문을 보고 라비가 눈을 동그랗게 떴다.

"굉장하다! 재미있어, 아빠……!"

"그렇구나. 재미있구나."

나는 익숙했지만 라비에게는 설레는 일이었나 보다.

기뻐하며 신기하다는 듯 문 주위를 빙글빙글 돌았다.

데려오길 잘했다.

신난 라비를 귀엽게 여기며 마도구점의 문을 열었다.

"으음? 손님이야~?"

"별일이 다 있넹. 어차피 오늘도 아무도 안 올 줄 알았는데!"

계산대에 있던 소인족 쌍둥이가 동시에 얼굴을 들었다.

"검은 테 안경을 쓴 쪽이 에스더. 앞머리를 핀으로 고정한 쪽이 캐리야."

라비에게 가르쳐 줬다.

라비는 진지한 얼굴로 고개를 끄덕이고서 「에스더 씨랑 캐리 씨…… 외웠어……!」 하고 중얼거렸다.

"상대의 이름을 단박에 외우다니, 우리 딸은 어쩜 이렇게 똑똑할까!"

내가 감동하며 외치자 쌍둥이가 소인족 특유의 높은 목소리로 웃었다.

“꺄하하! 팔불출이구나, 더글러스 씨.”

“반가웡. 라비, 안녕.”

“아, 안녕하세요……. 라비예요……!”

두 사람이 말을 걸어오자 라비는 긴장하면서도 확실하게 인사했다.

낯을 가리지만 노력하는 모습이 기특하고 사랑스러웠다.

“주문한 물건이라면 와 있어~.”

“혹시 쿠쿠새는 이 아이를 위해 주문한 거양?”

“그래, 맞아.”

“세상에! 요인 경호용 초고급 아이템인데~?!”

“일국의 공주님에게나 쓰는 물건을 설마 자기 자식에게 쓸 줄이양!”

라비가 깜짝 놀란 표정을 지었다.

기뻐서 놀란 것이 아니라는 사실은 바로 알았다.

나는 바보인가.

제대로 입막음을 해 뒀어야 했다.

부주의했던 자신이 한심했다.

라비에게 방금 같은 얘기를 들려주고 싶지 않았는데.

“아, 아빠…….”

라비가 안절부절못하는 얼굴로 나를 올려다보았다.

역시나.

라비는 확연하게 당황했다.

© 2019 Fuzichoco

애딩턴에서 있었던 씁쓸한 추억이 내 머릿속에 되살아났다.

그때 라비는 금전적인 부담을 걱정하여 혼자 고아원에 갔었다.

지금 불안해하는 라비가 그날의 슬퍼 보였던 라비 같았다.

아무튼 한시라도 빨리 라비의 불안을 없애야 한다.

"그런 표정 짓지 마, 라비. 이건 내가 하고 싶어서 하는 일이니까."

"하지만……."

"아이의 안전을 위해서라면 돈 같은 건 아깝지 않아. 부모란 그런 존재야. 우리 어머니도 비슷했어."

"아빠의 엄마가?"

"그래."

내가 아직 신출내기 모험가라 가난했을 적의 일이다.

결코 유복하지 않았던 어머니가 무리해서 방어구를 사서 내게 보내 준 적이 있다.

그때 나는 정말 너무나도 죄송스러운 기분이었다.

자신이 칠칠치 못해서 어머니에게 폐를 끼친다고 생각했다.

하지만 부모 입장이 되고 알았다.

어머니는 분명 폐라고 느끼지 않았을 것이다.

그저 아들이 걱정돼서 뭔가 해 주고 싶었던 것이다.

나는 돌아가신 어머니에게 마음속으로 깊이 감사하며 라비의 머리를 툭툭 쓰다듬었다.

"그리고 라비는 나의 공주님이니까!"

어쩔 줄 모르고 흔들리던 라비의 눈이 휘둥그레졌다.

미안해하던 표정이 사라지고 뭔가 마음에 받아들인 듯한 얼굴로 바뀌었다.

내리고 있던 시선이 들리자 보석처럼 반짝반짝 빛나는 라비의 눈이 보였다.

"……나, 아빠의 공주님이야?"

"그래, 나의 소중한 공주님이야."

"그렇구나……. 후후, 기뻐……."

수줍게 웃은 라비가 발그레해진 뺨에 작은 손을 얹었다.

공주님이고 천사다. 아아, 정말로 우리 딸은 세상에서 제일 예쁘다.

"꺄하하! 그야말로 딸바보네~!"

"하지만 그만큼 아이를 소중히 여기는 건 좋은 일이야."

라비가 기뻐하는 얼굴로 나를 올려다보았다.

이런 아이를 어떻게 안 소중히 여기겠냐고 생각하며 나는 라비에게 미소로 화답했다.

2화 아저씨와 소녀, 학습 교재를 손에 넣다

"응. 금화 100닢 확실하게 받았습니다~ 사용법은 기억했어?"

문제없다고 대답하자 딱 맞춰 뒤쪽 창고에서 캐리가 쿠쿠새를 데리고 돌아왔다.

"이게 쿠쿠새야."

캐리는 자신의 팔에 앉은 쿠쿠새를 이쪽으로 내밀었다.

남국에 사는 새처럼 깃털은 선명한 오렌지색이었다.

크기는 내 주먹만 할까.

동글동글한 새까만 눈이 이쪽을 빤히 바라보았다.

마도구가 아니라 진짜 새라고 착각할 만큼 정교했다.

『안녕하십니까. 쿠쿠입니다.』

"와아! 이 새, 말했어……!"

라비가 기뻐하며 외쳤다.

다행이다. 라비는 쿠쿠를 무서워하지 않는 듯했다.

만약 라비가 이 마도구를 거북하게 느낀다면 곁에 두는 건 불쌍하다고 걱정했었다.

꽤 개성적으로 생긴 새니 말이지.

하지만 어쨌든 안심했다.

흥미롭게 들여다보고 있고, 굳이 따지자면 마음에 든 것 같았다.
우리는 여행을 계속한다.
친한 친구와 줄곧 함께 있을 수 없는 라비에게 쿠쿠가 친구 같은 존재가 되면 좋겠다.
『당신의 이름, 가르쳐 주십시오.』
대답해도 되냐는 듯 라비가 나를 올려다보았다.
고개를 끄덕이자 신난 얼굴로 쿠쿠새에게 대답했다.
"어어, 쿠쿠, 안녕하세요. 라비예요."
『라비, 기억했습니다. 당신의 안전, 지킵니다.』
쿠쿠새가 영롱한 날개를 퍼덕여 날아올랐다.
그대로 마도구점 안을 한 바퀴 돌더니 라비의 머리 위에 앉았다.
"……! 이것 봐, 아빠……! 새가 머리에 앉았어……!"
눈을 반짝이며 기뻐하는 라비를 보고 나뿐만 아니라 소인족 쌍둥이도 미소 지었다.
이 두 사람도 이런 표정을 짓는구나.
뭐, 하지만 이해한다.
평소에도 귀엽지만, 동물과 노는 라비는 얼마나 사랑스러운지.
"우리 딸은 천사야."
팔짱을 끼고 고개를 끄덕이자 쌍둥이가 놀렸다.
"더글러스 씨, 조만간 『딸바보 더글러스』라는 별명이 붙을지도 몰라~."
"이미 『애 딸린 최강 모험가』라는 소리를 듣고 있는걸. 시간문제야."

라비가 귀여우니 어쩔 수 없다.

그렇게 잘라 말하는 나를 못 말린다는 눈으로 보고 나서 두 사람은 쿠쿠새에 관해 보충 설명을 덧붙였다.

“쿠쿠새는 마력을 줘서 충전할 수 있으니 사흘에 한 번쯤은 충전해 줘.”

“회복 마법을 걸면 되는 거지?”

“맞아~ 약해도 괜찮으니까 딸의 마법 연습에 쓰는 것도 좋을 거야~.”

라비의 마법 연습이라…….

사실 라비는 여전히 마법 능력이 각성하지 않았다.

본인이 희망하기도 해서 여행 중에 열심히 같이 연습했지만 성과는 나오지 않았다.

라비는 침울해져서 「모처럼 아빠가 가르쳐 주는데 못 해서 미안해……」 하고 몇 번이나 사과했다.

신경 쓰지 말라고 해도 라비는 시무룩하게 어깨를 떨구기만 했다.

라비가 즐겁게 연습할 수 있다면 괜찮다. 하지만 몇 번을 시도해도 전혀 마법을 쓰지 못해서 슬픈 표정을 짓는 일이 많아졌다.

결국 우리는 이야기를 나눠서 마법 연습은 잠시 쉬기로 한 상태였다.

그 일을 떠올리며 라비가 상처 받지 않도록 화제를 돌리려고 했을 때―.

“저, 저기…… 나, 마법 못 써.”

낮을 가리는 라비가 놀랍게도 직접 대답했다.

평소에는 인사하는 것만으로도 긴장하는 아이라서 나는 깜짝 놀랐다.

그리고 내용도 그냥 내용이 아니었다.

라비에게는 답하기 껄끄러운 주제일 것이다.

내가 대신 설명해 주는 편이 좋을까?

아니, 모처럼 라비가 용기를 냈다.

끼어드는 건 라비를 위한 일이 아니다.

나는 안절부절못하면서도 지켜보기로 했다.

"어랑? 아직 마력이 안 각성했엉?"

"으, 응…… 연습해 봤지만……."

"마력은 있엉?"

라비는 불안한 듯 고개를 숙였다.

플로리아에서 들었던 마법 특성이 있다는 말을 잊지는 않았을 터다.

연습을 반복해도 마법을 쓰지 못한 탓에 자신감을 잃은 거겠지.

가엾게도.

이 문제를 어떻게 잘 해결할 수 없을까.

풀 죽은 라비를 도저히 보고 있을 수 없었다.

그렇게 생각하며 엘프에게 감정받았다고 이야기하자 에스더와 캐리는 「아아, 그렇다면!」 하고 생긋 웃었다.

"굉장히 추천하는 상품이 있어~ 잠깐만 기다려."

그렇게 말하고 이번에는 에스더가 창고로 향했다.

"이상하다~ 이 주변에 있었을 텐데."

쿵, 뎅그렁, 와르르와장창!

창고 안에서 엄청난 소리가 들렸다.

부스럭부스럭, 뒤적뒤적.

"이상하다~ 이쯤에 뒀을 텐데. 음~ 음~."

뭔가를 뒤적이고 있는지 때때로 물건이 휙 날아왔다.

와르르, 데굴데굴, 와장창!

"엄청난 소리네."

"다치지 않으려나……?"

우리가 불안해하자 캐리가 「괜찮아, 늘 있는 일이야」라며 손을 저었다.

잠시 후 돌아온 에스더의 검은 테 안경은 완전히 삐뚤어져 있었다.

심지어 먼지투성이였다.

창고 안에서 얼마나 날뛴 거야…….

나도 모르게 속으로 태클을 걸었다.

라비도 당황한 기색으로 「와아……」 하는 소리를 냈다.

"찾았어~! 이거야, 이거!"

창고에서 가져온 것을 에스더가 카운터에 툭 놓았다.

그림책처럼 생긴 그것은 어린이용 마법 교재 세트였다.

표지를 보니 매부리코 마녀가 아이들에게 마법을 가르치는 그림이 그려져 있었다.

"이건 『어린이용 마법 교재 세트』야~ 마력을 각성시키는 트레이

닝을 비롯해서 초기 마법 습득을 위한 노하우를 이 책 한 권으로 배울 수 있어."

맙소사! 아, 아니, 하지만 잠깐만…….

이걸 이용한다고 해서 마법을 반드시 쓸 수 있는 것은 아니다.

만약 잘 풀리지 않는다면 라비는 더 우울해하지 않을까.

라비는 어떻게 생각할까?

옆을 보니 라비는 흥미롭다는 눈으로 카운터 위에 있는 교재를 조심스레 바라보고 있었다.

"이걸로 연습하면 마법을 쓸 수 있을까……?"

라비가 진지한 얼굴로 물었다.

그 순간, 나는 퍼뜩 정신이 들었다.

라비는 마법을 쓰고 싶어서 열심히 노력하고 있다.

노력하는 과정에서 고생하고 고민하는 것은 당연하다.

누구나 그렇게 좌절을 극복해 나가니까.

우울해하는 라비를 보기 괴롭다는 소리를 할 때가 아니다.

망설임이 생겼을 때, 보듬고 지지해 주는 것이 아빠인 내게 주어진 역할이다.

딸이 배우고 싶어 한다면 최대한 환경을 만들어 주자.

그렇다면—.

"마법 각성이 어려운 어린이용 도구니까 효과는 지대해~ 효과가 없다면 60일 이내로 반품도 받아~ 쿠쿠새도 샀으니 후불도 가능해~ 가격은—."

"사겠어."

가격 따위 들을 필요가 없다.

얼마나 큰 액수든 내겠다.

"어?! 아, 아빠…… 하지만 이거, 비쌀지도 몰라……. 나는 없어도 괜찮아……."

"라비는 안 갖고 싶어?"

"……아, 그게……."

라비는 입술을 꼭 깨물고 뭔가를 참는 듯한 표정을 지었다.

그 표정이 대답이었다.

"역시 사겠어. 딸의 꿈을 위해서라면 싼 거지."

"하, 하지만……!"

"라비, 돈은 쓰면 안 되는 게 아니야. 필요한 걸 사기 위해 돈이 있는 거야."

"아빠……."

"그리고 돈을 썼다면 일해서 다시 벌면 돼. 그때는 라비도 도와줄래?"

"……! ……응! 나, 힘내서 아빠를 도울게……!"

라비가 마침내 밝게 웃었기에 나는 안도하여 어깨의 힘을 뺐다.

에스더, 캐리, 고마워.

정말로 좋은 물건을 샀다.

라비, 앞으로 네가 또 낙담하는 일이 있더라도 내가 반드시 옆에 있으면서 지지해 줄게.

3화 아저씨와 소녀, 비 오는 밤을 보내는 법

방범용 마법 쿠쿠새와 마법 교재 세트를 손에 넣고 『발자크 마도구점』을 나오자 습기를 머금은 강한 바람이 서쪽에서 불어왔다.

하늘을 올려다보니 아까보다 구름이 더 두꺼워져 있었다.

"이거 한바탕 비가 쏟아지겠어. 라비, 서둘러 여관에 돌아가자."

"응……!"

라비와 함께 『돼지의 밤울음』으로 걸음을 재촉했다.

라비는 머리에 쿠쿠새를 얹고 양손으로 마법 교재 세트를 껴안고 있었다.

내가 들겠다고 제안했지만 직접 들고 싶다고 했다.

보물처럼 꼭 끌어안은 모습이 귀여웠다.

전방으로 시선을 되돌리니 저녁때인데도 상점가는 한산했다.

장보기를 끝낸 사람들은 우리처럼 비구름을 신경 쓰며 빠르게 스쳐 지나갔다.

『돼지의 밤울음』에 거의 다 왔을 때, 비가 뚝뚝 내리기 시작했다.

길을 적시는 빗방울은 굵직했다.

곧 세차게 쏟아질 듯했다.

"라비."

라비를 향해 양손을 내밀자 작은 손을 벌리고 뛰어왔다.

라비를 번쩍 안아 들고서『돼지의 밤울음』까지 달렸다.

우리가 처마 밑에 도착함과 동시에 빗소리가 거세졌다.

비에 젖은 코트를 벗으며 여관 안으로 들어갔다.

"아아, 어서 와. 더글러스, 라비. 쏟아지기 시작했네."

저녁 준비라도 하고 있었나 보다.

여관 주인인 에이허브가 앞치마로 손을 닦으며 주방에서 나왔다.

"그러게, 큰비야. 밤새 내릴지도 모르겠어."

"요즘 계속 날씨가 안 좋단 말이지. 활짝 갰으면 좋겠어."

창문으로 다가가 하늘을 올려다보며 에이허브가 중얼거렸다.

여행 중에 입은 옷과 속옷을 빨아야 하므로 동감이었다.

여벌 옷은 한정되어 있으니 이번 빨래는 방에 말리는 것으로 참자.

"지금이라면 욕실 비었어. 저녁 먹기 전에 씻을래?"

"그래. 비를 조금 맞았으니까. 라비가 감기 걸리면 안 되지."

라비 다음에 나 순으로 목욕하고 상쾌한 기분으로 저녁을 먹기로 했다.

주문을 끝내고 요리를 기다리고 있으니 드워프 햄이 식당에 왔다.

숙박객만 여관의 식당을 이용하는 것은 아니었다.

햄은 바로 우리를 알아차리고「오!」하는 표정을 지었다.

"돌아와 있었군."

"그래, 햄. 오늘 막 돌아왔어."

"토이 베리에서 있었던 일은 의뢰인에게 들었어. 의뢰인이 너희 부녀를 아주 절찬하더군. 그 까다로운 아저씨의 입에서 그 정도 말이 나오게 하다니 역시 대단해."

"아니…… 그렇게 대단하진 않아."

그런 이야기를 나누고 있으니 식사가 나왔다.

"식사를 방해하면 안 되겠지. 또 일을 소개받고 싶으면 언제든 나한테 와."

"그래, 고맙다."

햄은 라비에게도 인사하고서 1인용 카운터석으로 향했다.

오늘의 정식으로 나온 것은 토마토소스를 뿌린 포크소테, 매시트포테이토, 바질빵, 당근 라페였다.

라비는 입가에 소스를 묻히며 열심히 먹었다.

맛있게 냠냠 먹는 모습이 사랑스러웠다.

라비와 함께 있으면 혼자 먹을 때보다도 식사가 몇 배는 더 즐겁다.

행복한 식사 시간을 준 이 아이에게 한없이 고마웠다.

◇◇◇

그날 밤—.

빨래는 목욕하면서 끝냈기에 방에 널기만 하면 됐다.

빨래를 널 수 있도록 삼노끈이 객실 벽을 가로지르고 있었다.

우리 같은 여행자는 다들 여관에 들를 때마다 빨래를 하므로 이런 설비가 꼭 필요했다.

나는 욕실에서 빨고 꽉 짠 세탁물을 바구니 안에서 꺼냈다.

목제 옷걸이도 빌려 와서 한 벌씩 널었다.

라비도 평소처럼 도와줬다.

자그마한 두 손으로 빨래를 잡고 박수 치듯 팡팡 폈다.

그렇게 주름을 펴서 널면 입을 때 기분이 좋았다.

"잘하네, 라비."

"정말?"

라비가 기뻐하며 눈을 반짝였다.

잠시 후, 마침내 모든 빨래를 다 널었다.

"라비가 도와준 덕분에 빨리 끝났어."

그렇게 말하자 라비는 자랑스럽다는 듯 가슴을 쭉 폈다.

하루에 한 번 이상 질리지도 않고 생각하는 말이 또 머릿속에 떠올랐다.

나의 천사는 정말로 귀엽다.

다시 빨래 이야기로 돌아가자.

실은 온풍으로 말리는 것도 잠깐 생각했었다.

하지만 다 널은 빨래를 바라보는 라비의 표정이 만족스러워 보였고, 「내일 아침에는 말라 있을까?」 하고 기대하는 것 같았다. 멋없는 짓은 하지 말자.

"비가 내리는 탓에 방의 습도가 높으니 하룻밤 만에 마르기는 어려울 거야."

"그래?"

"해님 아래에서 말릴 때랑은 달라."

그렇게 가르쳐 주자 라비는 흥미롭다는 얼굴로 축축한 빨래를 만졌다.

"그렇구나…… 해님은 대단하네……."

라비가 감탄하며 중얼거렸다.

이 아이는 이렇게 조금씩 세계를 배워 가는구나.

세상의 다양한 것에 관심을 갖고.

새로운 뭔가를 알 때마다 눈을 빛내며.

쌓여 가는 나날과 경험이 라비 인생의 양분이 되었으면 좋겠다.

라비가 앞으로 어떤 어른이 될지, 나는 그게 무척 기대된다.

4화 아저씨와 소녀, 실패를 두려워하지 않는다는 것

빨래를 다 널고 한숨 돌렸을 때.

"아빠, 있지…… 마법 공부해도 돼?"

"그래, 물론이지. 하지만 라비, 피곤하지 않아?"

오늘 막 발자크에 도착했고, 히스콕에서는 슬픈 이별도 있었다.

라비는 걱정하는 나를 향해 생긋 미소 짓고서 「괜찮아」 하고 말했다.

자신감은 없어 보였지만 시도해 보고 싶다는 라비의 뜻이 느껴졌다.

그렇다면 나는 응원할 뿐이다.

"그래. 그럼 같이 힘내자."

"응……!"

마법 때문에 라비는 최근 슬픈 표정만 짓고 있었다.

그래서 나는 라비의 변화가 진심으로 기뻤다.

라비가 낙담하지 않도록 이번만큼은 뭔가 결과가 나왔으면 좋겠다.

그 쌍둥이가 보증한 교재에 희망을 걸었다.

침대 위에 털썩 앉은 라비는 마법 교재 세트를 조심스레 펼쳤다.

빨래하는 동안 의자 위에 앉아 있던 쿠쿠새가 라비의 어깨 위로 이동했다.

나도 침대 끄트머리에 앉아 라비의 공부를 지켜보기로 했다.

일단은 내용물 확인부터다.

라비가 서툰 손길로 북밴드를 풀자 백과사전만큼 두꺼운 교재 안에서 부속품이 나왔다.

초보자용 스킬 서포트 스틱. 집중력을 높이는 마녀 모자. 영창을 돕는 망토.

전부 귀중하고 편리한 아이템이었다.

"굉장하다……. 진짜 마녀 같아……!"

라비는 아이템을 하나하나 집으며 반짝거리는 눈으로 모자를 만져 보고 스틱을 쥐었다.

신난 라비가 귀여워서 나도 모르게 얼굴이 풀어졌다.

"라비, 교재를 읽어 봐. 어려운 글자가 있으면 내가 가르쳐 줄 테니까."

"응……."

라비는 긴장한 얼굴로 책을 펼쳤다.

그러자 책 안에서 글자가 둥실둥실 떠올랐다.

"와아."

눈을 동그랗게 뜬 라비가 글자를 향해 손을 뻗었다.

라비가 콕 찌르자 글자는 슬라임처럼 탱글 출렁이고서 원래 위치로 돌아왔다.

어린아이가 즐겁게 학습할 수 있도록 마법 장치가 되어 있는 거겠지.

라비는 떠오른 글자를 올려다보고 더듬더듬 읽기 시작했다.

"으음…… 『이 교재의 목적은……』."

책의 서두에는 마법을 쓰는 마음가짐이 적혀 있었다.

라비는 진지한 얼굴로 열심히 서문을 읽었다.

발행인의 메시지가 끝나자 마침내 구체적인 강좌가 시작되었다.

챕터 1-1.

"『마력을 각성시키자.』"

"『먼저 자신의 마력을 아는 것이 중요합니다.』"

확실히 마력은 사람에 따라 특성이 있다.

그걸 모르고 자기와 안 맞는 마법부터 연습하면 좌절하는 일이 많다.

"『집중력을 높이고 마력을 각성시킵시다. 자, 모자를 써 보세요.』 ……이, 이렇게 쓰면 될까?"

"잘 어울려, 라비."

커다란 모자를 쓴 라비는 쑥스러워하며 미소 지었다. 하지만 바로 퍼뜩 정신을 차리고 야무진 표정을 지었다.

교재에는 집중해서 마주하라고 적혀 있었다.

모자는 집중력을 높이는 아이템이니 이 방법은 안성맞춤일 것이다.

마력 각성이 어려워지는 데는 몇 가지 이유가 있다.

이를테면 아까 말한 상성 문제.

불 마법이 특기인 사람이 물 마법만 연습하면 어렵다는 생각만 점점 커질 뿐이다.

다음으로 정신 통일.

마법은 자신의 내부에 있는 힘을 일깨워 발동시키는 것이다.

그러려면 잡생각에 빠지지 말고 마법과 진지하게 마주해야 한다.

어린아이에게는 힘든 일이다.

하지만 이 모자가 보조해 준다면, 라비는 똑똑하니 분명 괜찮을 것이다.

그보다도 성가신 것은—.

의식 문제다.

마법을 쓸 때 힘이 너무 들어가면 실패하기 쉽다.

마법을 쓰는 행위는 수영과 비슷하다.

수영도 몸에 힘이 들어갈수록 어려워진다.

그저 흐름에 몸을 맡기고 솟아오르는 마법과 일체화되어야 한다.

그러면 저절로 마력 회로가 느껴진다.

하지만 힘을 빼는 행동이 말처럼 쉽지 않다는 것은 나도 잘 안다.

초조, 불안, 미지의 힘에 대한 공포.

그런 것들이 마음에 훅 밀려드는데 긴장하지 않는 것은 정말 어렵다.

엘프 마을 플로리아에서 라비의 능력에 관해 이렇게 말했다.

『안심하세요. 스킬 적성은 분명히 있는 것 같아요. 다만 굉~장히 깊은 곳에 잠들어 있는 듯합니다. 각성하려면 계기가 필요할 거예요. 하지만 괜찮아요. 이 아이가 진정 마음으로 원한다면 언젠가 분명 호응하여 각성할 겁니다.』

깊은 곳에 잠들어 있다라.

그렇다면 라비는 무의식적으로 마력을 봉인한 상태일지도 모른다.

어떻게든 극복했으면 좋겠다.

"『자, 다음은 간단한 마법을 외워 봅시다.』"

라비는 교재를 읽고 긴장한 얼굴이 되었다.

"히, 힘내, 라비……!"

나까지 묘하게 긴장하고 말았다.

고개를 끄덕인 라비는 숨을 꿀꺽 삼키고 주문을 영창하려고 했다.

하지만―.

어째선지 직전에 그만두고 불안한 얼굴로 나를 가만히 올려다보았다.

"라비? 왜 그래?"

"……역시 또 실패할지도 몰라……. 그렇다면 죄송해요……."

"음?!"

무슨 일이야, 라비. 왜 사과하는 거야?!

"아빠가 모처럼 사 줬는데…… 이걸 사용했는데도 마법을 제대로 못 쓰면…… 나는……."

……그런가. 그렇겠지.

뭔가를 시도할 때, 실패할지도 모른다는 공포는 반드시 따라온다.

누구든 실패는 무섭다.

심지어 이미 몇 번이나 시도한 뒤라면 더더욱 그렇다.

공포는 마음속에서 거대한 괴물처럼 커진다.

어떻게 하면 라비를 도와줄 수 있을까?

이럴 때는 어떤 말을 해 줘야 할까?

나는 망설이면서도 어떻게든 라비에게 힘이 되도록 내 경험담을 이야기해 보기로 했다.

"나도 마법과 스킬을 쓰게 되기까지 수없이 실패했어."

"어? 아빠도……?"

"그래. 기억해? 플로리아에서 내 잠재 능력도 봐 줬잖아."

라비의 잠재 능력 수치는 5120. 반면 내 잠재 능력은 900이다.

스킬 적성을 가진 자의 평균치 3000을 상당히 밑돌아서 나는 스킬 하나를 습득하기까지 상당히 고생했다.

"재능이 없었으니까. 몇십 번, 몇백 번을 실패했어."

실패를 반복하다 보면 다음에도 실패하지 않을까 하는 기분이 마음을 잠식한다.

라비의 마음도 지금 그런 공포로 위축되어 있을 것이다.

"실패해도 돼. 실패가 무섭지 않을 때까지 몇 번이든. 내가 옆에 있어."

"하지만…… 아빠, 귀찮지 않아……?"

"귀찮을 리가 없잖아. 라비가 노력한다면 나는 응원하고 싶어. 괜찮아. 안심하고 도전해."

불안해하던 라비의 눈에 반짝임이 돌아왔다.

"나…… 힘내 볼게……!"

라비는 양손을 꼭 움켜쥐고 커다란 모자를 다시 깊이 눌러썼다.

다행이다.

어떻게든 기운을 되찾은 모양이다.

얼굴을 든 라비는 다시금 마법과 마주하겠다는 결의를 다진 듯했다.

드디어 라비의 재도전이 시작된다.

나는 마른침을 삼키며 라비의 노력을 지켜보았다.

5화 아저씨와 소녀, 잠들어 있던 마력을 깨우다

창밖에서는 계속해서 비가 내리고 있었다.

"좋았어……."

라비는 기합을 넣듯 말하고 침대 위에서 뛰어내렸다.

"앗, 모자가……!"

그러면서 벗겨질 뻔한 모자를 다시 깊이 눌러쓰고 한숨 돌렸다.

나는 쓴웃음을 지으며 라비에게 말했다.

"괜찮아. 침착하게 힘내."

"응……!"

조금 긴장한 얼굴로 라비가 스틱을 천천히 흔들었다.

그리고 영창했다.

《빛의 성령, 어둠을 밝히는 힘을 나에게 빌려주소서— 빛 마법 샤이닝!》

몇 번이나 연습했기에 빛 마법 주문은 완벽했다.

라비가 외운 주문에 호응하여 마법 망토가 펄럭펄럭 나부꼈다.

그 직후—.

—반짝!

앗?!

바, 방금 스틱 끝이 빛났지?!

찰나였지만 잘못 본 게 아니다!!

라비도 알아차린 듯했다.

숨을 헉 삼키고서 휙 돌아보았다.

"잘했어, 라비! 한 번 더 하는 거야!"

"응!"

될 것 같다는 느낌을 받은 모양이다.

라비가 밝은 목소리로 대답했다.

라비의 마음에 생긴 자신감은 분명 마법 각성을 도와줄 터다.

라비는 스틱을 다시 꽉 움켜쥐고 살며시 눈을 감았다.

몇 번 심호흡을 반복하여 몸에서 쓸데없는 힘을 뺐다.

그리고 다시 영창했다.

《빛의 성령, 어둠을 밝히는 힘을 나에게 빌려주소서— 빛 마법 샤이닝!》

—깜박깜박!

오오!

이번에는 아까보다도 명멸하는 횟수가 늘어났다!!

"한 번 더……!"

라비가 얼굴을 번쩍 들었다.

이 아이의 이런 표정은 처음 봤다.

힘내. 힘내……!

나도 모르게 침대에서 내려와 엉거주춤한 자세로 주먹을 움켜쥐었다.

라비는 열심히 영창을 반복했다.

잘 안 되어도 기죽지 않고 다시 한 번.

그래. 실패를 두려워하지 않아도 돼!

《빛의 성령, 어둠을 밝히는 힘을 나에게 빌려주소서— 빛 마법 샤이닝!》

—깜빡깜빡!!

이전 시도보다도 더 강한 빛이다!

라비의 정열이 통한 걸까.

아니, 틀림없이 노력이 열매를 맺은 것이다.

불꽃처럼 타닥타닥 튀기만 하던 빛이 서서히 부풀기 시작했다.

"……그래, 바로 그거야! 잘한다!! 그대로 계속해!!"

"으으……!!"

눈을 꼭 감은 라비가 스틱을 쥔 양손을 앞으로 쭉 내밀었다.

그 순간, 별똥별처럼 빛이 깜빡이기 시작했고—.

"……!!"

거룩하리만큼 눈부신 빛이 우리 위에서 환하게 반짝였다.

그저 밝기만 한 것이 아니었다.

태양처럼 따뜻함을 주는 빛이었다.

"괴, 굉장해, 라비……! 성공이야……!!"

"하아, 하아……. 아빠, 나, 해냈어……."

힘을 뺌과 동시에 마법도 사라졌다.

이마에 맺힌 땀을 닦으며 라비가 힘이 쭉 빠진 모습으로 배시시 웃었다.

“아빠도 봤어……?”

“물론이지!!”

나는 라비를 안아 들고 빙글빙글 돌았다.

모자를 쓴 라비가 까르르 웃었다.

“대단해! 대단해, 라비!! 잘했어~!! —헉.”

나는 대체 뭘 하는 거야?!

얌전히 있으려고 했는데…….

“미, 미안. 방해하고 말았네…….”

“아니야. 아빠, 고마워……. 아빠가 응원해 줘서 나 힘낼 수 있었어.”

라비는 자랑스럽게 스틱을 들고 이렇게 말했다.

“있지, 아빠가 마법 쓰는 모습을 떠올리니까 잘 됐어. 아빠처럼 되고 싶다고 생각했더니 됐어. 그러니까 아빠 덕분이야. 고마워.”

“라, 라비……!!”

그렇지 않다. 마법을 쓰게 된 것은 라비가 노력했기 때문이다. 라비의 실력이다.

그나저나 내 아이의 성장을 지켜볼 수 있는 것이 이토록 기쁠 줄이야…….

나는 감동한 나머지 차오른 눈물을 옷소매로 거칠게 닦았다.

6화 아저씨와 소녀, 기념일에 관해 이야기하다

Enjoy new life with my daughter

이튿날 아침.

일어나 보니 날은 더욱 궂어져서 창문을 때리는 듯한 빗소리가 울리고 있었다.

때때로 불온한 소리를 내며 천둥도 쳤다.

아침이 되면 그칠지도 모른다고 생각했는데, 보아하니 종일 장대비가 계속될 듯했다.

“아빠, 비 엄청나네…….”

아침을 다 먹은 라비는 눈을 깜박이며 창밖을 보고 있었다.

번개가 번쩍일 때마다 「앗!」 하고 놀라며 작은 몸을 움찔했다.

그게 부끄러웠는지 라비는 꼼지락거리면서 「겁먹은 거 아니야. 그냥 깜짝 놀란 거야」 하고 호소했다.

나는 웃으며 고개를 끄덕여 대답했다.

“아, 라비. 입가에 크림 묻었어.”

깨끗한 행주를 들고 손짓하여, 테이블로 몸을 쭉 내민 라비의 입가를 닦아 줬다.

“고마워…….”

살짝 쑥스러워하는 라비에게 「천만에」 하고 대답했다.

어느새 라비를 돌보는 것에 망설임이 없어졌다.

조금씩 진짜 가족에 가까워지는 것 같다.

그렇게 생각하니 가슴이 따뜻해졌다.

하지만 봄볕같이 따끈따끈한 내 기분과 창밖 날씨는 정반대였다.

조금 전에도 번개가 하얗게 번쩍였다.

오늘은 북새통 마법 인쇄 상회에 갈 생각이었는데, 곤란하게 됐네.

"밖에 나가면 순식간에 쫄딱 젖을 듯한 비야."

어쩔까 생각하고 있으니 식기를 치우러 온 에이허브가 조언했다.

"오늘은 안 나가는 게 좋지 않을까? 우리 딸도 마법 학교 쉬라고 했어."

다른 숙박객들도 돌아다니기를 포기했는지 아침 식사를 마치고 나서도 식당에 느긋하게 있었다.

"……다이애나, 보고 싶다……."

어제는 이래저래 정신이 없었기에 아직 라비는 다이애나와 재회하지 못한 상태였다.

"에이허브만 괜찮다면 다이애나를 불러 줄 수 있을까?"

"그거라면 부르러 안 가도 돼. 다이애나도 보고 싶어 해서, 조식 시간이 끝나면 식당에 와도 된다고 말해 뒀거든. ―아, 호랑이도 제 말 하면 온다더니."

"라비!"

에이허브 일가의 주거 공간과 이어진 문이 벌컥 열리더니 다이애나가 활짝 웃으며 식당으로 뛰어 들어왔다.

"다이애나……."

라비는 쑥스러움이 섞인 표정으로 조심스레 소녀의 이름을 불러 화답했다.

하지만 진심으로 재회를 기뻐하고 있다는 것은 라비의 반짝이는 눈을 통해 충분히 전해졌다.

"라비, 보고 싶었어~! 여행은 즐거웠어? 오늘은 같이 놀 수 있어?!"

"아, 음……."

라비가 나를 올려다보았다.

어쩌면 좋을지 답을 구하고 있었다.

"더글러스, 네가 괜찮다면 우리 딸과 같이 내가 보고 있을게."

에이허브가 봐 준다면 안심이다.

그리고 라비의 머리 위에는 그곳이 자기 자리라는 듯한 얼굴로 쿠쿠새가 오늘도 진좌해 있었다.

라비를 데리고 이 빗속을 돌아다녀서 감기 걸리게 만들고 싶지는 않았다.

북새통 마법 인쇄 상회에서 할 이야기도 어린아이에게는 재미없을 것이다.

오늘 할 일은 그것뿐이니 장시간 자리를 비우는 것도 아니었다.

"어쩔래? 라비. 같이 가도 좋고, 여관에 있어도 좋아."

옆에 찰싹 붙은 다이애나가 「놀자~ 놀자~」 하고 말하며 라비의 손을 잡고 흔들었다.

라비는 작게 웃었지만 같이 놀자고 하는 것이 무척 기쁜 듯했다.

"그럼 아빠…… 오늘은 다이애나랑 놀아도 돼……?"

"물론이지."

미소 지으며 고개를 끄덕여 대답했다.

"신난다~! 라비!!"

기뻐하며 양손을 번쩍 든 다이애나를 보고 라비가 후후 웃었다.

나와 에이허브는 입을 모아 「우리 딸 너무 귀여워……」 하고 중얼거렸다.

"맞다, 얘들아. 돌아오는 길에 케이크 사 올게. 라비를 축하할 일도 있으니까."

"……! 정말……?"

라비가 나를 휙 돌아보았다.

"케이크래! 굉장해! 축하라니, 라비 생일이야?!"

"아니…… 아, 아니야……."

"마법을 쓰게 돼서 축하하는 거야."

"뭐어?!"

다이애나는 놀란 목소리를 내더니 자기 아빠의 팔을 잡고 마구 흔들었다.

"아빠, 들었어?! 마법을 쓰게 돼서 축하해 준대! 좋겠다~ 너무너무 부러워! 있지, 라비. 우리 아빠는 내 생일조차 까먹었어!"

"하하하, 이것 참. 3년 전에 한 번 깜빡한 걸 가지고 아직도 뭐라고 한다니까."

쓰게 웃은 에이허브가 다이애나의 말을 보충했다.

다이애나는 그때 일을 또 떠올렸는지 고개를 팽 돌려서 에이허브가 쩔쩔매게 만들었다.

"그건 네가 잘못했어. 귀여운 딸의 생일은 무슨 일이 있어도 축하해야— 헉?!"

거기까지 말하고 나는 아연실색했다.

……나는 라비의 생일을 듣지 못했다!

대체 무슨 실수를 저지른 거야……?!

"미, 미안해, 라비……!! ……라비의 생일은 언제야?"

아직 투닥투닥 다투고 있는 에이허브 부녀 옆에서 허둥지둥 라비에게 물어보았다.

"생일……은…… 으음…… 12월 12일……."

아아. 다행이다……!!

아직 올해 생일은 지나지 않았나.

나는 안도하여 가슴을 쓸어내렸다.

"그날은 축하하자."

"어……? 내 생일을……? 아빠가 축하해 주는 거야……?"

눈을 동그랗게 뜬 후, 라비가 조심조심 물었다.

"당연하지."

라비가 태어난 특별한 날이다.

"그날은 라비가 하고 싶은 일을 전부 하자."

"……! 생일, 기대돼……."

라비는 자신의 가슴에 작은 손을 올리고 진심으로 기뻐하며 살

포시 미소 지었다.

아아, 정말.

라비의 기대와 기쁨을 느끼고 가슴이 애달프도록 벅차올랐다.

나도 그날이 벌써부터 기대돼, 라비.

생일을 어떻게 축하해 줄까?

주고 싶은 선물도, 먹이고 싶은 음식도 잔뜩 있다.

매일매일 라비의 생일이어도 다 소화할 수 없을 정도였다.

“그럼 라비, 잘 놀고 있어. 다녀올게.”

“응, 다녀오세요……! 쿠쿠랑 다이애나랑 여관 잘 지키고 있을게…….”

나는 라비의 머리를 쓰다듬고서 장대비가 내리는 거리로 나갔다.

7화 아저씨, 캐트시에게 사인을 요청받다

북새통 마법 인쇄 상회 건물은 발자크에서 꽤 번화한 거리에 있다.

같은 골목에 모험가 길드와 상인 길드, 도시의 종합 청사 등이 늘어서 있었다.

참고로 에이허브의 여관이 있는 구획에서 도보로 20분쯤 걸렸다.

비가 억수같이 쏟아져서 나는 코트의 후드를 쓰고 그 길을 뛰어왔다.

"그래도 꽤 젖었네……."

북새통 마법 인쇄 상회의 처마 밑에 서서 나는 쫄딱 젖은 코트를 벗었다.

걸레처럼 짜자 뚝뚝 소리를 내며 물이 떨어졌다.

늘 가지고 다니는 배낭을 여관에 두고 오길 잘했다.

후드를 썼는데도 조금 젖어 버린 머리를 손으로 털었다.

"—그럼 안에 들어갈까."

이렇게 불만을 제기하러 어딘가를 방문하는 것은 처음이지만, 마음이 무겁다는 약한 소리는 할 수 없다.

나는 아빠로서 딸의 생활을 지키고 싶다.

그걸 위해서라면 싸울 수 있다.

고개를 번쩍 들고 문을 열었다.

접수처에는 점박이 무늬 캐트시가 한 마리 서 있었다.

"어서 오세요냥!"

얼굴을 쏙 내민 캐트시 곁으로 걸어가 신문 편집부가 어디 있는지 물었다.

"신문 편집부는 6층입니다냥. 약속을 잡으셨냐요?"

"아니, 약속은 안 잡았어."

"어느 분께 말씀드리면 될까요냥?"

"아…… 내 기사를 쓴 기자나, 아니면 편집장."

"냥?!"

어느 쪽이 좋을지 고민하고 있자 캐트시의 동공이 갑자기 확장됐다.

캐트시는 목에 걸고 있던 안경을 허둥지둥 쓰더니 더욱 놀라서 외쳤다.

"냐냐냐냥~?! 자세히 보니 영웅 더글러스 씨 아닙니까냥?!"

"영웅은 아니지만…… 더글러스다. 내 기사에 관해 조금 이야기하고 싶어서 말이야."

"알겠습니다냥! 바로 연락해 볼 테니 잠시 기다려 주세요냥."

캐트시는 접수대 옆에 놓인 마법 편지지를 가까이 가져와 연락사항을 술술 기입하기 시작했다.

내방, 영웅 더글러스 포드 님.

약속, 없음.

전달, 신문 편집부 담당 기자·편집장.

송부용 마법 편지지에 기입된 문장은 짝이 되는 수취용 마법 편지지 용지에 실시간으로 표시된다.

캐트시의 손 근처에 있는 수취용 편지지 쪽에 바로 답장이 왔다.

"마침 편집부에 담당 기자가 있습니다냥! 지금 내려온다고 합니다냥."

"아니, 찾아온 사람은 나니까 내가 가겠어."

"저쪽 마법 계단을 써서 6층으로 올라갈 수 있습니다냥. ……저기, 더글러스 씨."

설명을 끝낸 캐트시가 어째선지 자기 꼬리를 만지작거리며 쭈뼛댔다.

"왜?"

"……손님께 이런 부탁을 하는 건 실례지만…… 사인…… 받을 수 없을까요냥……?"

"어? 사인?"

캐트시는 조심스레 고개를 끄덕였다.

"실은 제 아들이 영웅 더글러스 씨의 팬입니다냥."

"그건…… 뭐랄까……."

나는 복잡한 기분으로 입을 다물었다.

나는 자신을 영웅이라고 생각하지 않는다.

다만 아이가 동경한다고 말하는 부친에게 단호한 부정의 말을 던질 수가 없었다.

"사인, 어떻게 부탁할 수 없을까요냥……?"

"으음."

거절하고 싶다는 분위기를 풍기자 캐트시의 귀가 축 처지고 말았다.

큭…….

그 귀는 치사해, 캐트시.

뭔가 매우 나쁜 짓을 하는 기분이 든다.

"……사인이라고 해도 그냥 이름만 적은 거야."

캐트시의 처량함에 넘어가 그렇게 말하자 엄청난 기세로 귀가 쫑긋 섰다.

"그걸로 충분합니다냥!! 여, 여기에 부탁합니다냥!!"

캐트시가 품에서 수첩과 펜을 꺼내 내밀었다.

역시 더는 거절할 수 없었다.

나는 당황하며 그걸 받아서 아주 어색하게 내 이름을 적었다.

균형 잡히지도 않았고, 정말로 그저 이름을 적었을 뿐이었다.

……이런 걸로 괜찮나?

하지만 내 망설임과는 상관없이 캐트시는 매우 기뻐하며 펄쩍 뛰었다.

"감사합니다냥! 정말로 정말로 감사합니다냥! 아들도 아주 기뻐

할 겁니다냥!!"

내 형편없는 사인이 적힌 수첩을 껴안고서 캐트시가 몇 번이고 감사를 표했다.

정말로 기쁜 듯이, 안경 속 고양이 눈을 빛내면서.

8화 아저씨, 수북한 팬레터를 건네받다

캐트시가 가르쳐 준 대로 6층에서 내려 편집부로 향했다.

문 앞에 서서 안쪽을 살짝 엿보니 바빠 보이는 기자들이 분주하게 뛰어다니고 있었다.

책상 사이를 종종걸음으로 돌아다니는 캐트시들도 길드에서 봤던 캐트시보다 더 기민하게 움직였다.

"저녁 신문, 지금 바꿀 수 있어?!"

"인쇄부에 물어보겠습니다!"

"서둘러 줘!"

다급하게 오가는 목소리를 듣고 나도 모르게 압도되고 말았다.

아니, 이래서는 안 돼.

나는 주먹을 꽉 움켜쥐고서, 바빠 보이는 기자들을 방해하지 않게 조용히 편집부에 들어갔다.

"……음? ……아니?! 영웅 더글러스?!"

"정말이다!! 왜 그가 여기에?!"

나를 알아차린 기자들이 술렁거리기 시작해서 몹시 어색했다.

나는 신경 쓰지 말고 일에 집중해 줘…….

그렇게 생각하고 있으니 내 기사를 담당하는 예의 그 기자가 달려왔다.

“더글러스 씨! 설마 편집부에 와 주실 줄이야. 이야~ 깜짝 놀랐습니다.”

“그래. 당신에게 할 이야기가 좀 있어서.”

기자는 활짝 웃으며 악수를 청했다.

거절하는 것은 역시 무례하다고 생각하여 손을 맞잡자 이번에는 기뻐하며 내 어깨를 주물렀다.

“어떤 얘기든 대환영입니다! ―혹시 특종을 가져오셨나요?”

기자의 표정이 업무 모드로 전환되며 빈틈없어 보이는 눈으로 쳐다봤다.

나는 한숨을 쉬고서 「그런 게 아니야」 하고 말했다.

“뭐, 어쨌든 여기서 얘기하기는 뭐하니 회의실로 가시죠!”

어느새 다른 기자와 캐트시들이 우리 주위를 에워싸고 있었다.

확실히 이 상황에서는 침착하게 이야기할 수 없다.

나는 회의실에서 이야기하는 것을 승낙했다.

회의실로 이동하여 대접받은 차를 마시고 있으니 수완가로 보이는 당고머리 여성이 방에 들어왔다.

나보다 조금 연상인 듯한 여성이 내민 명함에는 『북새통 마법 인쇄 상회 신문 편집부 편집장』이라고 적혀 있었다.

“잘 오셨습니다. 뵙게 되어 영광입니다! 일부러 찾아오시다니, 특종을 제공해 주시려는 걸까요?!”

편집장까지 눈을 반짝였다.

나는 주춤하면서도 되도록 실례가 되지 않게 말했다.

"그게 아니야. 내 취재를 앞으로 삼갔으면 좋겠어."

"네……?!"

"발자크에서는 변장하거나 얼굴을 가려야 제대로 생활할 수 있는 상태야. 그리고 다른 도시에서도 신문에 실린 것 때문에 꽤 주목을 받았어."

"우리 기사 때문에 그런 일이……."

편집장이 눈을 동그랗게 뜨며 옆에 앉은 기자를 보았다.

기자는 껄끄러운 듯 몸을 움츠리고 있었다.

"이번 일로 딸까지 변장하게 됐어. 아직 정말로 어린아이인데 이런 일은 시키고 싶지 않아. 조용한 환경에서 자유롭게 키우고 싶어."

나는 편집장과 기자를 번갈아 보고 단호하게 말했다.

"그러니까 우리의 기사를 더는 싣지 않았으면 해."

내 뜻이 확고하다는 것은 전해졌으리라.

기자는 「그럴 수가……」 하고 중얼거리더니 실망하여 어깨를 떨궜다.

그래도 역시 완전히 납득하진 않고 바로 물고 늘어졌다.

"……더글러스 씨의 기사는 아주 인기가 많고 반향도 큽니다. 그리고 우리가 싣지 않아도 다른 신문사가 분명—."

"밀러! 그런 일이 아니잖아."

편집장은 밀러라고 부른 기자를 나무라고서 다시 나를 보았다.

"더글러스 씨, 우선 저희가 낸 기사 때문에 귀찮은 일을 겪으시게 한 것을 사죄드리고 싶습니다. 죄송합니다. 따님에 대한 배려도 부족했습니다."

편집장은 깊이 머리를 숙였다.

밀러도 황급히 편집장을 따랐다.

"아니, 고개를 들어 줘. 나는 사죄를 받으러 온 게 아니야. 그저 이제 우리 기사를 쓰지 않겠다고 약속해 주면—."

"자, 잠시만요, 더글러스 씨! 확실히 처음에는 화제가 되니까 달려들었습니다! 하지만 지금은 그게 다가 아닙니다!"

기자는 진지한 눈으로 주장했다.

"더글러스 씨, 당신의 삶을 전해야 한다고 강하게 생각했습니다. 저희 신문사만이 아니라 많은 사람을 위해서요!"

"하지만……."

"그렇지! 보여 드리고 싶은 게 있습니다!"

허둥지둥 물러난 기자는 커다란 나무 상자를 안고 돌아왔다.

"이걸 봐 주세요! 이번 주에 도착한 팬레터입니다. 안쪽에 더 있어요!"

낮은 테이블 위에 놓인 상자에는 대량의 편지가 들어 있었다.

"자, 읽어 보세요. 전부 더글러스 씨한테 온 팬레터랍니다!"

"뭐……? 팬레터라니……."

너무 놀라서 말을 이을 수 없었다.

읽어 보라고 해도 말이지.

당황하여 굳어 있으니 편지 하나를 억지로 내 손에 쥐여 줬다.

"자, 여기요. 뜯어 보세요!"

곤란하게 됐네.

되돌려 놓을 수도 없기에 얌전히 봉투를 뜯었다.

『북새통 마법 인쇄 상회 신문의 기자님. 늘 영웅 더글러스 씨의 기사를 실어 줘서 고맙습니다. 더글러스 씨 본인에게 팬레터를 보낼 방법을 알 수 없어서 이쪽으로 보냅니다. 부디 더글러스 씨에게 전해 주세요.』

이어서 내게 보내는 메시지가 적혀 있었다.

『저는 다리를 다쳐 은퇴한 모험가입니다. 매일 공허한 나날을 보냈지만, 더글러스 씨의 모험담이 신문에 실리게 된 뒤로는 그걸 읽는 것이 삶의 낙이 되었습니다. 옛날처럼 저도 모험하는 기분이 듭니다. 감사합니다. 앞으로도 멋진 모험담을 기다리겠습니다.』

"아무쪼록 다른 편지도 읽어 보세요."

편집장이 열띤 눈으로 권했다.

그 말을 따라 다른 편지로도 손을 뻗었다.

그런데 이건 정말 내게 보낸 건가?

문장 속에 『더글러스』라는 이름이 있는데도 믿을 수 없었다.

……그렇잖아? 일개 아저씨에게 보낸 팬레터라니.

『더글러스 씨가 몬스터를 쓰러뜨린 방법을 참고하여 우리 용병단은 강해졌습니다!』

『더글러스 아저씨, 멋있어요. 저도 커서 모험가가 될 거예요.』

『더글러스 씨의 기사가 실릴 때마다 그와 라비 양이 건강히 여행을 이어가고 있음을 알고 안심합니다. 두 사람에게 폐가 되지 않을 정도로 앞으로도 기사를 실어 주시면 좋겠습니다. 머슬 파워!』

『모험밖에 모르며 육아에는 전혀 관여하지 않았던 남편이 더글러스 씨의 기사를 읽고 사과했습니다. 진정 멋있는 게 무엇인지 잘못 알고 있었다면서……! 최근에는 휴일에 세 아이와 잔뜩 놀아 줍니다. 더글러스 씨가 아이를 키우는 모습을 부디 더 실어 주세요!』

“이건…….”

뒷말이 이어지지 않았다.

어떻게 받아들이면 좋을지 마음이 쫓아가지 못했다.

……근데 「머슬 파워」라니, 혹시 그들일까?

발자크와 다른 도시에서도 때때로 소동이 벌어지게 되었다.

다들 웃으며 다가왔다.

하지만 그게 솔직히 힘들었다.

구경거리가 되었다고 받아들였기 때문이다.

하지만 그게 전부가 아니었던 걸까?

나무 상자에 수북이 쌓여 있던 다른 편지도 전부 응원과 감사를 전하는 내용이었다.

“다들 더글러스 씨의 기사를 읽으며 위로와 용기를 받고 있어요.”

기자가 고개를 푹 숙였다.

그의 이마가 낮은 나무 테이블에 쿵 부딪히는 소리가 났다.

이봐이봐, 괜찮아……?

“절대 폐를 끼치지 않겠습니다! 라비 양의 생활도 반드시 지키겠습니다! 그러니 아무쪼록, 가끔이라도 좋으니 더글러스 씨를 취재

할 수 없을까요?"

"……."

나는 말없이 생각에 잠겼다.

기사 반대편에 있는 사람들의 존재와 그 마음은 고맙다.

내 행동으로 누군가가 용기를 받고 있다.

정말 그렇게 도움이 되고 있다면 기쁘기도 하다.

하지만 나는 영웅 더글러스의 생활을 바라지 않았다.

흔해 빠진 한 명의 아빠로서 생활하며 딸을 행복하게 만드는 것.

그것이 나의 전부다.

"역시 취재는 사양하고 싶어. 소동이 벌어지면 우리가 체재하는 곳에도 폐를 끼쳐."

"알겠습니다. 취재는 전부 그만두겠습니다! 그 대신 가끔이라도 좋으니 여행지에서 일어난 일이나 활약을 저희에게 알려 주시면 안 될까요?! 당신의 활약을 온 나라 사람들이 기다리고 있습니다!"

몸을 앞으로 뺀 기자가 편지 상자를 쑥 내밀었다.

"부탁드립니다! 팬들에게 용기와 활력을 나눠 주세요!"

그때, 내 머릿속에 라비의 얼굴이 어른거렸다.

잠깐.

사람들에게 기쁨을 주기 위해서라면, 사람들의 기운을 북돋기 위해서라면 라비는 이렇게 말하지 않을까?

『아빠, 도와주자』 하고.

나는 팔짱을 끼고 한동안 고민한 뒤, 천천히 입을 열었다.

"라비에 관해서는 절대로 안 썼으면 좋겠어. 그리고 머무는 장소나 관계자의 이름도 밝히지 않겠어. 그래도 괜찮겠어?"

"그럼요…… 그럼요, 물론이죠!"

"만세~!! 편집장님, 해냈어요!"

두 사람은 와 기뻐하며 주먹을 움켜쥐었다.

너무 좋아하는 것 아닌가 싶어서 나는 주춤했다.

"저기…… 내가 주는 정보가 그렇게 대단하진 않을 거야."

"뭐든 좋습니다!! 더글러스 씨에 관한 것이라면 하루하루의 사소한 일이더라도, 그야말로 일기를 싣더라도 다들 매우 기뻐할 겁니다!"

"이, 일기? 아니, 역시 그런 걸 읽고 싶어 하는 사람은 없지 않을까……."

"당치도 않습니다!! 『영웅 더글러스의 모험담』이라는 이름으로 더글러스 씨가 제공해 주시는 일기를 그대로 싣는 건 어떨까요?!"

"모험담, 좋은데?!"

신이 난 두 사람은 향후 기사에 관해 이것저것 상담하기 시작했다.

과한 기대를 받는 것 같아서 위가 쓰렸다.

하지만 어쨌든 이로써 모두가 납득할 수 있는 형태가 되지 않았을까.

9화 아저씨, 격노하다

—딸랑딸랑.

"감사합니다!"

점원의 밝은 목소리를 들으며 케이크 가게를 나오니 비는 더욱 거세져 있었다.

"……곤란하게 됐네."

폭풍우처럼 휘몰아치는 비를 보고 나도 모르게 처마 밑에 멈춰 섰다.

방금 막 포장해 준 케이크 상자를 보았다.

이 케이크 가게는 예전에 다이애나가 라비에게 추천한 곳이었다.

애플파이가 맛있다는 말에 진지한 얼굴로 고개를 끄덕이던 라비가 머릿속을 스쳤다. 이 상자는 절대로 젖으면 안 된다.

하지만 잠시 기다린다고 그칠 만한 비는 아니었다.

발자크를 뒤덮은 두꺼운 구름은 묵직하게 눌러앉아 있었다.

한동안은 꿈쩍도 하지 않겠다는 의지가 깃들어 있는 것 같다는 생각조차 들었다.

라비는 분명 내가 돌아오기를 기다리고 있을 것이다.

이 상자에 든 애플파이를 빨리 먹이고 싶다.

라비가 마음껏 먹을 수 있도록 특대 사이즈를 샀다.

마음에 들면 좋겠다.

나는 미소 지으며 케이크 상자를 신중하게 코트 아래로 넣었다.

이렇게 하면 안 젖겠지.

결심하고서 장대비 속으로 뛰어들려고 했을 때, 낮게 내려앉은 구름 너머에서 선명한 오렌지색 새가 갑자기 나타났다.

"아니……?!"

회색으로 물든 풍경 속에서 그 오렌지색만이 매우 두드러졌다.

저건 쿠쿠새?!

이해하자마자 핏기가 싹 가셨다.

왜 쿠쿠새가 여기에…….

"이봐, 어떻게 된 거야?! 너는 라비를 경호하며 함께 여관에 있어야 하잖아?!"

빗소리에 묻히지 않도록 큰 목소리로 물었다.

쿠쿠는 급강하하여 내 눈앞까지 오더니 요란한 목소리로 아우성치기 시작했다.

『빨리 돌아오십시오!! 라비, 위험! 라비, 위험!』

"뭐?!"

『여관, 습격받았습니다. 라비, 위험! 라비, 위험!』

여관이 습격받았다고……?!

◇◇◇

쿠쿠와 함께 여관에 도착한 나는 믿을 수 없는 광경을 보고 나도 모르게 케이크 상자를 떨어뜨리고 말았다.

흙탕물 속에 떨어진 하얀 상자가 순식간에 더러워졌다.

그래도 지금은 그걸 신경 쓸 수 없었다.

눈앞의 사태가 머리를 가득 채워서…….

말도 안 되잖아……?

에이허브의 여관 『돼지의 밤울음』은 크게 부서져서 처참한 모습이 되어 있었다.

"……라, 라비……. 라비……!"

목소리가 한심하게 떨렸다.

심장이 시끄럽게 쿵쾅거렸다.

나는 죽어 버릴 것만 같은 기분을 느끼며 잔해 더미로 달려갔다.

"이쪽에 사람이 있어! 누가 좀 도와줘!"

"이 사람도 기절했지만 숨은 쉬어!"

"출혈이 심해! 천을 가져다줘!"

여관 주위로 인파가 모이고 있었다.

주변에 사는 주민들이 구조하러 달려온 듯했다.

하지만 나는 그들에게 눈길도 주지 않고 오로지 라비의 모습만을 찾았다.

"라비! 라비! 어디 있어?!"

허둥대지 말자. 진정해.

그 아이는 분명 무사하다.

자신을 필사적으로 타이르며 이리저리 시선을 돌렸다.

그때, 내 눈이 퍼뜩 멈췄다.

남자 몇 명이 잔해 밑에서 부상자를 일으키고 있었다.

피투성이로 구출된 사람은 에이허브였다.

에이허브가 자신의 몸으로 감싸고 있던 다이애나는 겁먹은 얼굴로 울고 있었다.

"에이허브……!"

나는 들려 나온 친구에게 서둘러 달려갔다.

"무슨 일이 있었던 거야! 에이허브!"

"……미안하다…… 미안……."

쥐어짠 목소리로 그렇게 사과하고서 에이허브는 기절해 버렸다.

에이허브의 딸 다이애나는 그가 감싼 덕분에 무사했으나 에이허브 쪽은 상처가 심했다.

셔츠의 배 부분이 빨갛게 물들어 있었다. 특징적인 탄 자국을 보아하니 불 마법 일격을 받은 듯했다.

"아무나 의사를 불러와!"

"지금 불러오라고 보냈어!"

구조하기 위해 달려온 사람들의 대화가 들렸다.

……틀렸다. 이렇게 피를 많이 흘리고 있으니 의사가 올 때까지 못 버틴다.

나는 즉시 회복 마법을 외워서 에이허브의 상처를 치료했다.
"바, 방금 그 빛은 뭐야?! 부상자의 상처가 순식간에 낫고 있어……!"
"출혈이 멎었어! 당신, 완전 회복 마법을 쓸 줄 아는 건가?!"
"그보다 작은 여자아이를 한 명 더 못 봤나?! 내 딸이 없어……!"
"뭐라고?! 그거 큰일이군."
"다 같이 찾아봅시다!"
사람들이 고개를 끄덕이고 라비를 수색하기 시작했다.
나도 필사적으로 라비의 이름을 불렀다.
"라비……! 라비! 어디 있어……!"
왜 이런 일이…….
설마 예전에 만났던 그 암살자가 또 라비를 노리고 왔나?!
그렇다면 라비는…….
"윽…… 더글러스……."
"에이허브!"
의식을 되찾은 에이허브가 내 옷을 붙들었다.
"……미안하다. 라비는 납치당하고 말았어. 어떻게든 막으려고 했지만 마법으로 저지당했어……. 지키지 못해서 정말로 미안하다……."
"사과하지 않아도 돼. 그보다 누가 라비를 납치한 거야?! 상대의 생김새를 기억해?!"
에이허브는 분명하게 고개를 끄덕이고 증오스럽다는 듯 그 단어를 입에 담았다.
"젠장……! 그 빌어먹을 현자놈…… 에드먼드 짓이야……!"

"뭐……?"

옛 동료, 현자 에드먼드의 얼굴이 뇌리를 스쳤다.

비평적인 말투와 쌀쌀맞은 미소.

"……적은 에드먼드 한 명이야?"

"우리를 습격한 건 그 녀석뿐이야……."

과연 앨런은 이 일에 관여했을까?

하지만 상대가 누구든 상관없다.

"라비를 구하러 가겠어."

"기다려, 더글러스. 큭……."

내 팔을 강한 힘으로 잡은 에이허브는 이를 악물고 상체를 일으켰다.

"이봐, 에이허브. 무리하지 마……!"

"이틀 후, 도시 변두리의 폐허로 오라고…… 에드먼드는 네게 전언을 남기고 갔어……."

"……알겠어. —상처는 확실하게 아물었으니까 안심해. 다이애나도 크게 다치진 않았어."

"그래……."

안도했는지 에이허브는 다시 의식을 잃었다.

호흡은 안정적이니 걱정하지 않아도 된다.

에이허브를 주민에게 맡긴 나는 그들 곁을 떠나 주먹을 꽉 움켜쥐었다.

에드먼드…….

펄펄 끓는 분노가 치밀었다.

그렇게 작은 아이를 인질로 잡은 추잡함도.

이렇게 많은 사람을 끌어들인 이기적임도.

절대 용서할 수 없는 행위다.

게다가 이틀 후에 오라고?

제 자식이 그렇게 오랫동안 돌아오지 않는데 그저 기다리고만 있을 부모가 있다고 생각하는 건가?

"쿠쿠. 라비가 어디 있는지 찾아낼 수 있어?"

『라비, 찾을 수 있습니다! 쿠쿠에게 맡겨 주십시오!』

"좋아, 나를 라비 곁으로 안내해 줘!"

기다려라, 에드먼드.

지금 당장 딸을 되찾으러 갈 테니—.

10화 아저씨, 옛 동료와 대치하다

『이쪽! 이쪽!』

나를 유도하는 쿠쿠가 안테나처럼 쭉 뻗은 볏을 새빨갛게 빛내며 외쳤다.

이윽고 도착한 곳은 발자크 북쪽에 있는 무너져 가는 신전이었다.

나는 시선을 빠르게 움직여서 순식간에 주위를 관찰했다.

숲담쟁이 덩굴이 하얀 벽을 휘감아 건물 전체를 뒤덮고 있었다.

돔형 천장은 구멍이 뚫려서 대들보가 그대로 드러나 있었다.

원래 에드먼드가 오라고 지정한 장소인 빈집도 근처에 있었다.

『거기! 마법 함정 있습니다! 주의하십시오! 함정…….』

사소한 걸 신경 쓸 때인가!

쿠쿠가 말을 끝내기도 전에 문에 걸린 함정 마법을 스킬로 강제로 해제했다.

"라비는 이 앞에 있는 거지?!"

『맞습니다! 라비, 여기입니다!』

쿠쿠의 볏이 한층 밝게 빛났다.

문을 향해 양손을 들고 두 가지 스킬을 한꺼번에 영창했다.

《정적을 지키는 파수꾼, 문을 닫으소서— 사일런트.》

《넘치는 힘 솟아나라— 근력 증강 머슬 파워!!》

강화한 주먹을 힘껏 때려 박았다.

문은 요란한 소리를 내며 휙 날아갔다.

다만 사일런트 스킬도 발동시켰기에 안에 있는 자는 알아차릴 수 없었다.

『라비, 이 건물의 가장 안쪽에 있습니다!』

"그래!"

이번에는 다리 근육에 버프 효과를 발동시켜서 라비가 있는 곳으로 향했다.

돌로 만든 긴 복도를 달려서 빠져나가자 또 문이 나타났다.

"라비!!"

라비의 이름을 부르며 뛰어 들어가니—.

"……!"

유적의 제단에 기대고 있던 에드먼드가 숨을 삼키며 눈을 크게 떴다.

"말도 안 돼…… 어떻게 이곳을 알았지……?!"

"에드먼드……!! 찾았다!!"

에드먼드는 일순 당황한 자신이 부끄럽다는 듯 여유로운 척 양팔을 벌렸다.

"흥……. 만나기로 지정한 날은 오늘이 아닙니다. 그리고 장소도 틀렸군요. 일부러 말까지 남겨 드리고 왔는데."

이 남자는 어찌 되든 좋다.

나는 급히 시선을 움직여 휑한 신전 안을 둘러보았다.

……어떻게 된 거지.

라비가 없다.

쿠쿠는 이곳을 가리켰는데……!

"쿠쿠, 어떻게 된 거야? 라비는 어디 있어?!"

『라비, 여기 있습니다!』

그렇다면—.

에드먼드를 날카롭게 노려보았다.

"에드먼드! 스킬을 써서 내 딸의 모습을 감춘 건가!"

에드먼드의 얼굴은 매우 수척했고 입술도 갈라져 있었다.

입고 있는 코트 자락은 너덜너덜하며 소매가 거뭇했다.

결벽증이 있어서 조금이라도 더러워지면 새것을 맞췄었는데, 지금은 낡은 옷을 만족스럽게 빨지도 못하는 듯했다.

"어서 대답해. 느긋하게 기다릴 생각 없어."

"아무래도 착각하고 있는 것 같군요. 이 상황에서 우위에 있는 사람은 당신이 아니라 접니다. 그렇게 건방지게 굴어도 되는 걸까요? 자, 생각해 보세요."

"라비는 어디 있어."

"이것 참, 당신은 그렇게 성질 급한 사람이 아니잖습니까? 그리고 굉장히 세게 나오는군요."

"라비는 어디 있냐고 물었어!"

"태도를 고쳐야 하지 않겠습니까? 그 소녀는 무사하지만, 앞으로도 무사할지는 당신 태도에 달렸습니다."

나는 쿠쿠를 슬쩍 보았다.

쿠쿠는 구석에 놓인 긴 의자를 바라본 채 아까보다도 더 강한 빛을 내고 있었다.

"……알겠다. 얘기를 듣지."

똑바로 얼굴을 들자 에드먼드는 일그러진 웃음을 지었다.

"겨우 교섭이 가능한 흐름이 됐군요. 단도직입적으로 말하자면, 앨런에게 돌려보낸 저주를 다시 당신이 가져갔으면 좋겠습니다."

"돌려보낸 저주……? 무슨 소리지?"

"하하, 시치미 떼지 마세요! 앨런에게 저주를 돌려보내지 않았습니까? 그 탓에 그는 약해지고 말았어요. 정말이지 민폐라고요!"

……그렇군. 그렇게 된 건가.

앨런이 쇠약해져서 퀘스트에 실패하고 있다는 소문. 그 원인을 알았다.

내가 저주를 튕겨 낸 탓에 발동자인 앨런에게 저주가 돌아간 것이다.

나를 호되게 괴롭혔던 그 저주가 지금은 앨런을 괴롭히고 있는 건가.

"약해진 앨런이 계속해서 퀘스트에 실패한 탓에 우리는 특별 라이센스를 박탈당했습니다! 이래서는 일개 모험가와 다를 바가 없어요! 웃기지도 않는다고요! 보수는 푼돈으로 격감하고, 다양한 혜택도 박탈당했습니다. 마왕을 쓰러뜨리면 작위가 수여될 예정이었는데……!"

에드먼드는 눈을 부릅뜨고 침을 튀기며 불만을 늘어놓았다.

"왕에게 다시 한 번 원조를 구하려고 해도 앨런이 가야 합니다. 그런데 그는 지금 발자크의 여관에 누워만 있어요. 마음대로 일어날 수도 없다고요. 그러니 당신이 저주를 다시 받아 갔으면 좋겠습니다."

이 남자의 마음속에는 동료에 대한 걱정이 조금도 없었다.

에드먼드의 빈곤한 마음이 불쌍했다.

"저주를 받고 나서 당신이 다시 몰락하더라도 그건 자업자득이죠. 파티 동료에게 저주받을 만큼 미움받았던 것이니 뿌린 대로 거두는 것 아닙니까. 그러니 지금 당장 저주를 가져가세요. 용사가 원래대로 돌아오면 바로 소녀를 돌려드리죠."

"……."

"왜 그러죠? 설마 망설이는 건 아니겠죠?"

에드먼드가 안경을 추켜올리고서 비웃었다.

"당신은 딸을 버리지 못해요. 자신이 죽더라도 딸을 지킬 사람이니까요."

나는 양손을 세게 움켜쥐었다.

에드먼드의 말이 옳다.

나는 절대 라비를 버리지 않는다.

라비를 위해 이 목숨을 내놓는 데 망설임 따위 없다.

—하지만.

"자, 뭐 합니까? 저주를 가져가겠다고 서약하겠습니까? 빨리 결단하지 않으면 아이의 안전은 보장할 수 없어요."

"미안하지만 거절하겠어."

"뭐?!"

"……왜죠? 아이를 버리려는 겁니까……?!"

에드먼드가 놀람을 감추지 않고 물었다.

"웃기는 소리 하지 마."

라비를 남기고 내가 죽는다.

그것도 라비를 버리는 것과 똑같은 일이다.

"의지할 데 없는 그 작은 아이를 혼자 남겨 두고 죽을 수 있을 리가 없잖아!"

그러니까.

"너를 쓰러뜨리고 라비를 구출하겠어!!"

《대기에 깃든 성스러운 힘이여, 불어라! 바람 마법 윈드!!》

"무슨…… 크악……! 으아아아아아악……?!"

내 양손에서 날아간 바람 마법은 가차 없는 기세로 에드먼드를 벽까지 날렸다.

11화 아저씨, 현자 에드먼드를 징벌하다

강풍에 날아간 에드먼드는 벽에 격돌한 후 신음하며 바닥으로 떨어졌다.

"으억……."

"에드먼드. 라비에게 건 마법을 어서 해제해."

"……흣…… 해제하라고요……?"

에드먼드는 바닥에 쓰러진 채 얼굴을 일그러뜨리면서도 도발적인 눈길을 보냈다.

"거절, 하겠습니다……! 《연옥에 매인 성혼(聖魂)이여, 부정한 대지를 모조리 불태워라— 사폭(蛇爆) 연쇄!!》"

커다란 뱀 형태로 솟아오른 불길이 맹렬한 기세로 달려들었다.

"이 기술을 맞으면 바로 끝장이겠죠! 각오하세요!"

의사를 지닌 불인가……!

에드먼드가 가장 잘 쓰는 최고위 불 마법이 가차 없이 육박했다.

역시 용사 파티의 현자다.

최고위 마법을 쓸 수 있는 것만으로도 특별한데, 에드먼드는 날뛰는 뱀을 훌륭하게 제어하고 있었다.

그렇다면 이쪽도 상응하는 마법을 쓰겠다!

《동토를 수호하는 고고한 날개, 이 세상의 모든 것을 얼려라—나찰 얼음매!》

얼음을 휘감은 거대한 매가 현현했다.

그 날카로운 갈고리발톱이 마구 날뛰는 불꽃 왕뱀을 움켜쥐었다.

『갸오오오오!!』

커다란 불꽃의 뱀이 포효하며 이빨을 드러내고 저항했다.

하지만 냉철한 매는 저항을 허락하지 않았다.

두 발톱으로 확실하게 불꽃의 뱀을 붙잡은 채 얼음 브레스를 계속 뿜어냈다.

『아아아아!!』

몸부림치는 불꽃의 숨통을 끊으려는 듯 매는 양 날개를 펼치고 날카롭게 울었다.

뱀에게 매는 천적이다.

그리 오래 걸리지 않아 커다란 불꽃 뱀은 얼어붙었다.

불꽃이 소멸함과 동시에 역할을 다한 매도 스르르 모습을 감췄다.

기분 나쁜 정적만이 남았다.

"……이, 이럴 수가……. 내 뱀이 소멸당했어……?!"

믿을 수 없다는 듯 에드먼드가 중얼거렸다.

"어떤 마법을 외워도 소용없어. 나는 그 이상의 힘으로 너를 막겠다."

"크……. 방금 그건 우연이겠죠……!"

다시 에드먼드가 최고위 불 마법을 영창했다.

"소용없어."

에드먼드는 계속해서 불 마법을 쐈지만 그럴 때마다 나는 얼음 마법으로 소멸시켰다.

에드먼드가 점점 안달을 냈다.

냉정함을 잃으면 전투에서 반드시 불리해진다.

나는 다섯 번째로 불 마법을 쓰려고 한 에드먼드를 향해 담담히 선고했다.

"끝이다. 에드먼드. 네 마력은 이미 바닥났어."

"……?!"

머리를 마구 흐트러뜨릴 만큼 당황한 에드먼드가 자신의 스테이터스를 확인했다.

그의 안색이 새파래졌다.

마력 고갈을 눈치채지 못하다니, 초보자나 할 법한 실수를 저질렀으므로 당연했다.

"마력 회복약을 마시게 할 생각은 없어. 몇 번을 반복해도 결과는 같으니까. 포기하고 마법을 해제해."

"크……."

나는 에드먼드 앞에 쭈그려 앉아 녀석의 멱살을 잡고 시선을 맞췄다

"똑같은 말 계속 하게 하지 마. 당장 라비를 돌려줘."

"으, 으윽……. 내, 내가 당신을 따를 것 같습니까……?"

"말을 들을 생각이 없다면 강제로 듣게 만들 뿐이야."

"……하하! 당신이? 하하하……! 웃기지 좀 마세요. 아까 당신 때문에 부딪힌 갈비뼈가 아프니까……!"

"웃을 수 있을 때 빨리 해제해."

에드먼드의 오른팔을 비틀자 그는 고통스러워하며 얼굴을 흉하게 일그러뜨렸다.

악다문 입가에 거품이 생겼다.

그래도 에드먼드는 여전히 여유로운 미소를 지으려고 했다.

"당신이 그런 일을 할 수 있을 리가 없습니다! 당신은 타인을 상처 입히는 걸 무서워하는 겁쟁이니까! 지금도 어차피 내심 흠칫거리고 있겠죠……!"

"……에드먼드. 빨리 해제해."

역시 이 이상 시답잖은 도발에 어울려 줄 수는 없다.

그래도 에드먼드는 나를 계속 도발했다.

"상대가 적이어도 상처 입히기를 주저하죠. 당신은 그런 성품입니다. 본인은 착하다고 생각하겠지만 단순히 용기가 없을 뿐이에요! 그 탓에 수없이 호된 꼴을 당했으면서. 전혀 고쳐지질 않으니 뼛속까지 물러 터졌어요."

"네가 아는 건 예전의 나야."

"지금은 다르다는 건가요? 인간은 그렇게 쉽게 바뀌지 않습니다."

"그렇지 않아."

에드먼드의 팔을 잡고 있던 손에 힘을 줬다.

"으악……?!"

살다 보면 때때로 둘도 없는 기적이 찾아온다.

내게 라비라는 보물이 맡겨진 것처럼.

그럴 때 사람은 얼마든지 바뀔 수 있다.

나이, 과거, 입장, 처지 같은 것은 관계없다.

기적을 소중히 여기고, 바뀌고자 하는 마음만 있다면—.

"나는 이제 이전의 내가 아니야. 만사 제쳐 놓더라도 지키고 싶은 것을 손에 넣었어. 딸을 위해서라면 무슨 일이든 할 수 있어."

나는 무표정으로 에드먼드의 어깨를 위로 비틀었다.

뚜둑, 둔탁하고 섬뜩한 소리가 울린 직후—.

"으아아아아악……!!"

에드먼드가 쩌렁쩌렁하게 절규했다.

에드먼드의 오른팔은 부자연스럽게 덜렁덜렁 흔들리고 있었다.

강제로 어깨를 탈골시켰으니 필설로 다하기 어려운 고통을 느끼고 있을 터다.

"으아악……! 아, 아파…… 으윽……!"

"다음은 왼팔이야. 이쪽은 부러뜨릴 거야."

"자, 잠깐……! 하, 하지 마…… 제발 하지 마!"

"부러지기 싫으면 마법을 해제해."

"아, 알겠어……! 알겠으니까 놔 줘……!"

"먼저 마법을 해제해."

"으아악……!"

이번에는 왼팔을 잡아서 부러뜨릴 듯이 비틀었다.

"아윽, 힉…… 해제할게! 할 테니까……!"

에드먼드는 소리 지르면서 중간중간 마법 해제 주문을 외웠다.

마법이 해제되자 구석에 있는 긴 의자 위에 라비의 모습이 스르르 나타났다.

모습을 감췄을 뿐만 아니라 마법의 힘으로 의자에 구속되어 있었다.

에드먼드는 내가 한 번 노려보자 라비를 속박했던 마법 밧줄도 소멸시켰다.

"아빠……?"

몸을 움직일 수 있게 된 라비가 당황하며 나를 불렀다.

"라비!"

나는 에드먼드를 내팽개치고 라비 곁으로 달려갔다.

"아아, 라비!!"

"아빠……!"

그대로 라비를 안아 들었다.

라비는 양손 양발을 내게 감고 힘껏 안겨 들었다.

고작 몇 시간 떨어져 있었을 뿐인데 이 체온이 매우 반가웠다.

"안 다쳤어?! 아픈 곳은 없고?!"

"괜찮아……."

내게 매달린 채 라비가 대답했다.

그 몸이 희미하게 떨리고 있었다.

납치당한 공포를 홀로 견뎠으리라고 생각하니 눈물이 북받쳤다.

"미안해, 라비……! 무서웠지……?"

"괜찮아……. 아빠가…… 와 줄 거라고 믿었으니까……."

"라비……!"

나는 참을 수가 없어서 라비를 꽉 껴안았다.

이 품에 가둔 채 더는 놓아주고 싶지 않은 그런 기분이었다.

12화 아저씨와 소녀, 지키고 지켜지다

에드먼드는 라비 유괴와 『돼지의 밤울음』 파괴, 여관 손님을 다치게 한 이유로 체포되었다.

체포당하는 순간은 상당히 시끄러웠다.

에드먼드가 「나는 용사 파티의 일원으로서 나라를 지켜 온 영웅입니다. 체포하다니 말도 안 돼요!」 하고 아우성치며 날뛰었기 때문이다.

공격 마법을 쓸 만한 마력은 남아 있지 않았기에 대단한 저항은 불가능했으나, 순식간에 주위에 사람들이 몰려들었다.

결국 그는 헌병에게 붙들려서, 너무 볼썽사납게 굴지 말라고 구박받으며 연행되었다.

모여든 사람들은 저게 영웅의 말로냐며 실소했다.

나는 복잡한 기분으로 자초지종을 지켜보았다.

앞으로 며칠간 에드먼드는 헌병대 감옥에 구류되었다가 서류 절차 등이 끝나는 대로 형무소로 수송될 것이다.

예전 동료라고는 하지만 라비와 에이허브에게 한 짓은 용서할 수 없다.

에드먼드가 형무소에서 확실하게 죄를 씻고 마음을 고쳐먹었으면 좋겠다.

그것 말고는 그에게 별 감정이 없었다.

에드먼드 쪽은 이로써 일단 마무리가 되었다.

다음은 앨런이지…….

거의 몸을 움직이지 못하는 상태더라도 라비가 위험에 처할 가능성이 조금이라도 있다면 내버려 둘 수 없다.

에드먼드 때처럼 당한 다음에 후회하고 싶지 않았다.

그리고 그 녀석에게는 돌려주고 싶은 물건도 있다.

여전히 코트의 가슴 주머니에 들어 있는 반지.

그 존재를 잊은 적은 없었다.

에드먼드는 앨런이 발자크의 여관에 체재하고 있다고 했다.

그게 사실이라면 찾아내기 어렵지 않을 것이다.

문제는 라비다.

구출하여 안아든 직후부터 라비는 줄곧 내 목에 매달려 잠시도 떨어지려고 하지 않았다.

때때로 작게 칭얼거리며 내 가슴에 이마를 문질렀다.

등을 토닥토닥 두드려 주니 잠시 후 꺼질 듯한 목소리로 라비가 말했다.

"……어리광 부려서 죄송해요……."

"왜 사과해. 나는 기뻐. 라비가 감정을 참는 게 훨씬 싫으니까."

"으으……."

말로 표현할 수 없는 낮은 소리를 내고서 다시 라비가 이마를 비

볐다.

이런 상황이 아니라면 그 동작이 귀여워 얼굴이 헤벌쭉 풀어졌을 것이다.

만난 지 얼마 안 됐을 때와는 다른 라비의 반응.

그 무렵에는 무서운 일이 있어도 파래진 얼굴로 인형처럼 굳어서 감정을 억눌렀었다.

그랬는데 지금은 이렇게 나를 의지한다.

기쁘다고 한 말은 거짓말이 아니었다.

라비가 마음 놓을 수 있는 곳이 되었다.

그렇게 자만하고 싶기도 했다.

"아빠……. 나, 쭉 아빠 곁에 있을 수 있는 거지……?"

"물론이지. 이제 다시는 이런 일 겪지 않을 거야. 약속해."

"응……. 혼자는 무서워."

"이제 괜찮아."

속삭이며 라비를 계속 달랬다.

이런 라비를 두고 혼자서 앨런에게 갈 수는 없다.

하지만 앨런에게 데려가서 라비가 겁먹는 것도 싫었다.

대체 어쩌면 좋을까…….

진심을 말하자면 한동안은 잠시도 눈을 떼고 싶지 않았다.

앞으로 살면서 매일 온종일 라비 곁에 있지는 못하더라도, 이런 사건이 일어난 직후다.

적어도 시간이 라비의 마음을 치유해 줄 때까지— 그런 기간 한정이라면 평소보다 과보호해도 되겠지……?

"라비, 잠깐만 얘기를 들어 줄래?"

찰싹 붙어 있는 라비에게 말했다.

천천히 얼굴을 든 라비는 고개를 끄덕이고서 긴장한 표정으로 나를 올려다보았다.

"나는 만나야만 하는 녀석이 있어."

"……어제 그 사람이 말했던 사람……?"

어제 그 사람이란 에드먼드일 것이다.

나는 라비의 말에 고개를 끄덕여 대답했다.

"그 녀석— 용사 앨런과 어제 그 남자 에드먼드와 나는 예전에 동료였어. 하지만 이런저런 일이 있어서 관계가 꼬였어. 아마도 앨런은 나를 미워하고 있겠지. 그러니 만나러 가서 매듭을 지어야 해."

라비를 지키기 위해.

나는 자신의 과거와 확실하게 마주해야 한다.

"……용사님도 무서운 사람이야? 아빠한테 무슨 일이 생기면 나는……."

라비가 걱정스럽다는 얼굴로 물었다.

뭐라고 답하면 좋을지 망설이고 있으니 라비의 커다란 눈에 눈물이 차오르려고 했다.

크, 큰일이다!

"괜찮아. 아무 짓도 못 하게 할 거야. 그러려고 만나러 가는 거니까. 반지를 돌려주고, 다시는 엮이는 일 없도록 이야기할 거야. 그걸로 끝이야."

"반지……. 아빠를 슬픈 얼굴로 만들었던 반지……?"

나는 라비가 주운 반지를 처음 봤을 때, 앨런이 나를 저주했음을 알고 충격을 받았었다.

확실히 라비는 그 모습을 봤다.

그때를 기억하고 있었나…….

어디까지 이야기하면 좋을까?

그저 라비가 어리다고 해서 얼버무리고 싶지는 않았다.

나는 결심하고 확실하게 고개를 끄덕였다.

"만나야 해……?"

"그래, 만나야 해."

"……만나면 아빠는 슬퍼지지 않아……?"

어려운 질문이다.

내 감정이 어떻게 움직일지.

나는 예상이 가지 않았다.

하지만 한 가지는 단언할 수 있었다.

"앨런과 만나서 어떤 일을 겪더라도 내게는 라비가 있어. 그러니까 무슨 일이 있어도 괜찮아."

내게 있어 유일무이한 빛.

아주아주 소중한 보물.

라비가 있다면 그 슬픔을 과거의 유물로 만들 수 있다.

그렇게 생각하고 있으니 갑자기 라비가 나를 폭 껴안았다.

자그마한 두 손이 등에 둘렸다.

매달렸을 때와는 뭔가가 달랐다.

마치 부드럽게 감싸는 것처럼 느껴졌다.

라비에게 포옹받는 기분이 들어서 깜짝 놀랐다.

“아빠가 항상 지켜 주는 것처럼 나도 아빠를 지켜 주고 싶어……. 나쁜 사람이 잔뜩 있어도, 언제든지…….”

“라비…….”

한심하게도 눈물 때문에 시야가 부예지고 말았다.

지금껏 한 번도 부르지 않았던 상대에게 무심코 말을 걸었다.

신이시여.

제게 이런 존귀한 보물을 주셔서 감사합니다…….

13화 아저씨, 딸이 부끄럽게 여기지 않는 아빠가 되고 싶다고 생각하다

앨런이 있는 곳은 정보상 드워프 햄이 조사하게 되었다.

"무슨 일이 있었는지 얘기는 들었어. 한 시간, 아니, 30분만 줘. 어디 있는지 바로 찾아내 주지."

고작 30분 만에 가능할까 싶었지만, 햄은 20분도 채 걸리지 않아 앨런을 찾아냈다.

햄이 어디까지 정보를 얻었는지는 모른다.

하지만 이 일을 무엇보다도 우선해 줬을 것이다.

아무리 감사해도 부족하다는 마음으로 머리를 숙이자 햄은 내 팔을 툭툭 두드리고 그저 「해결하고 와」라고 말했다.

"그래, 알겠어. 고맙다."

나는 확실하게 고개를 끄덕여 대답하고서 라비의 손을 이끌고 가게를 나섰다.

햄이 준 메모를 따라 향한 곳.

앨런이 체재 중이라는 여관은 슬럼의 입구에 있는, 다 쓰러져 가는 싸구려 여관이었다.

무수히 균열이 생긴 벽과 금이 간 기둥.
뜯겨 나가기 직전인 판자 지붕.
게다가 과일 썩은 내 같은 불쾌한 냄새가 감돌았다.
먼지투성이 간판은 바람이 불 때마다 끽끽 거슬리는 소리를 냈다.
예전에 내가 저주에 걸려 홀로 여행할 때도 이렇게까지 낡은 여관에 묵은 적은 없었다.
이런 곳에 있는 앨런을 나는 상상할 수 없었다.
마음이 주춤했다.
솔직히 무서웠다.
예전의 나보다도 비참한 상황이 된 앨런을 보는 것이…….
그리고 이런 곳에 라비를 데려가는 것도 저항감이 들었다.
하지만 라비는 내가 말하기도 전에 내 눈을 똑바로 보고 확실하게 고개를 가로저었다.
"나도 같이 갈래."
이 아이가 단호히 말하는 것은 처음일지도 모른다.
라비…….
나를 지키고 싶다고 말했다.
그러기 위해 함께 있고 싶은 거겠지.
이렇게 어린 딸에게 걱정을 끼치다니, 나는 못난 아빠구나.
마음을 더 단단히 먹자.
앨런이 대수인가.
그가 지금 어떤 상황에 놓여 있든 눈 돌리지 말고 받아들여서 지나간 과거로 보내 주면 된다.

"고마워. 라비."

좋아. 가자.

라비와 손을 잡은 채 싸구려 여관의 문을 지났다.

삐걱거리는 바닥을 밟아 접수대로 향했다.

낡아 빠진 의자에 앉아 멍하니 천장을 바라보던 노파가 이쪽을 쏘아보았다.

"3호실 손님에게 볼일이 있어. 방에 가도 될까?"

노파는 말하기도 귀찮은지 무관심한 시선을 계단 쪽으로 보냈다.

나는 라비를 데리고 먼지 쌓인 가파른 계단을 올라갔다.

가늘고 좁은 복도의 맨 끝 방이 3호실이었다.

노크해 봤지만 대답은 없었다.

문손잡이를 돌렸다.

잠겨 있지는 않았다.

끼익 소리를 내며 문을 열었다.

좁은 실내에는 작은 침대와 삐딱한 의자 하나가 있을 뿐이었다.

격자창으로 들어온 빛줄기가 얼룩덜룩한 시트에 내려앉았다.

침대가 불룩한 것을 보고 앨런이 누워 있음을 알 수 있었다.

살며시 다가가서 자세히 보았다.

잠든 앨런의 안색을 보자마자 내 호흡이 흐트러졌다.

생기가 없는, 목숨을 포기하려고 하는 이의 얼굴을 하고 있었기 때문이다.

“아빠…….”

라비가 떨리는 목소리로 부르며 내 손을 붙잡았다.

“이 오빠, 괜찮아……? 도와줄 거야……?”

“그건…….”

일순 말문이 막혔다.

하지만 내가 어쩌고 싶은지는 상관없었다.

앨런을 위해서도 아니다.

내가 도출하는 답은 언제나 라비를 위해.

이 아이가 올곧게 성장하여 행복한 인생을 살 수 있도록.

나는 딸에게 부끄럽지 않을 행동을 하고 싶다.

옛 동료.

내게 저주를 걸어 끔찍한 일을 겪게 한 남자.

동생처럼 여기며 그 성장을 기뻐했던 시기도 확실히 있었던 상대.

그 녀석의 생명이 꺼져 가고 있었다.

이 순간.

내가 라비를 위해 택할 길은—.

“라비, 이 남자, 앨런이 내게 저주를 걸었었어.”

라비가 커다란 눈을 더 크게 떴다.

“저주…… 나처럼……?”

“그래, 맞아. 왜 그런 짓을 했느냐고 속으로 이 녀석을 비난했던 날도 있었어. 배신당했다는 생각에 슬프기도 했어.”

눈앞에 죽을 듯한 사람이 있고 나는 그 목숨을 구할 수 있을지도 모른다.

설령 그것이 미워하는 상대여도, 그 상대가 죽게 내버려 둔다면?

분명 평생 죽게 했다는 죄책감을 안고 살아가게 되리라.

만약 라비가 이런 상황에 처했을 때, 이후 인생에 어둠을 짊어질 만한 선택은 하지 않았으면 한다.

"라비, 물러나 있어."

"응……."

나는 앨런을 향해 손을 들었다.

시험 삼아 회복 마법을 걸어 봤지만 효과는 전혀 없었다.

앨런의 HP는 여전히 1.

저주에 걸린 몸을 어떻게든 해야 HP를 회복할 수 있을 것이다.

이렇게 쇠약해진 것도 아마 돌아온 저주 때문이리라.

단순한 저주 해제 스킬이 어디까지 통할지는 도박이다.

그래도 할 수 있는 일은 하자.

나는 짧게 심호흡하고 스킬을 영창했다.

《깜박이는 희망의 입자 이곳에 모이라, 지금 내가 명하노라— 저주 해제.》

그 순간, 불꽃 튀는 소리와 함께 내 손에서 빛 알갱이가 흘러나왔다.

입자는 이윽고 빛줄기가 되어 앨런을 향했다.

하지만 앨런의 몸에 도달해도 튕긴 것처럼 공중으로 분산되어 연약하게 깜박이더니 사라졌다.

"젠장……."

역시 튕겼나.

되돌아온 저주는 통상적인 저주보다도 훨씬 질기다.

……이걸로는 저주를 풀 수 없겠어.

그때—.

"아……저, 씨……?"

가냘픈 목소리가 들렸다.

이제는 제대로 움직일 수 있는 부위가 안구밖에 없는 듯한 앨런이 나를 올려다보았다.

"어째……서, ……여기에……."

앨런의 크게 뜨인 눈에서 눈물이 한 방울 흘러내렸다.

그것이 생리적인 눈물인지, 어떤 감정의 발로로 나온 것인지 나는 알 수 없었다.

애초에 앨런은 이 상황을 이해하고 있을까?

연약하게 눈을 몇 번 깜박인 앨런은 탁한 안구를 천천히 움직여 방 안을 둘러보았다.

가냘픈 숨이 그의 입에서 새어 나왔다.

"여긴 그 여관이지……? 그런데 왜 아저씨가……."

말은 거기서 끊기고 고통스러워하는 숨결로 바뀌었다.

"말하지 않아도 돼."

"아빠……."

라비가 걱정스럽게 불렀다.

괜찮아, 문제없어.

상상했던 것보다 내 마음은 훨씬 온화했고, 지금은 앨런의 저주를 풀자는 생각만 들었다.

나는 너의 아빠로서 결코 굴하지 않겠어.

저주에도, 한심했던 과거에도……!

"해제 스킬 하나로 어떻게도 안 된다면— 이 방법은 어떠냐……!"

무식한 방법이란 것은 안다.

그래도 시도해 볼 가치는 있다!

《깜박이는 희망의 입자 이곳에 모이라, 지금 내가 명하노라— 저주 해제.》

재차 빛의 입자가 생겨났다.

거기에 다시 해제 스킬을 중첩했다.

스킬 이중 사용이었다.

두 빛이 합쳐진 순간, 눈을 뜨고 있을 수 없을 만큼 환한 빛이 방에 흘러넘쳤다.

"와아……!"

내 뒤에 있던 라비가 눈부심에서 도망치듯 안겨 들었다.

해방된 빛에 감싸인 앨런은 침대 위에서 쥐어짠 듯한 비명을 지르기 시작했다.

영혼까지 스며든 저주에 해제 스킬이 간섭하고 있을 것이다.

"억…… 으아아…… 아아……."

인간의 목소리라기보다 짐승의 신음에 가까웠다.

"아…… 아아윽……."

야윈 얼굴을 옆으로 수없이 흔들며 앨런이 퀭한 눈을 부릅떴다.

버텨, 앨런.

"아아아아!! 악, 으아아아아아아악!!"

한층 강한 섬광이 터지며 앨런의 몸이 튀었다.

그 순간, 방을 뒤덮고 있던 불쾌한 공기가 사라지고 어깨가 가벼워졌다.

나는 즉각 회복 마법을 발동시켰다.

눈을 감고 의식을 잃은 앨런의 안색은 조금 전과 비교해도 많이 나아진 것 같았다.

"아빠……! 마법 성공했어……!"

라비의 안도한 목소리에 고개를 끄덕여 대답했다.

그대로 스테이터스를 확인했다.

****

이름: 앨런

직업: 무직

레벨: 1

HP: 100

MP: 100

마법: —

스킬: —

****

"……?! 이건……."

레벨이 1로 돌아갔고 스테이터스도 전부 그에 맞춰 바뀌어 있었다.

내가 저주에 걸렸을 때도 레벨이 초기치로 돌아가는 일은 없었는데.

이게 저주를 걸었다가 돌려받은 대가인가…….

"오빠는…… 어떻게 됐어……?"

"용사로서 길렀던 능력을 전부 잃고 스킬도 쓰지 못하게 된 것 같아. —하지만 목숨은 살았어."

"그럼…… 건강해져?"

"빈사 상태였으니까 깨어나기까지 시간은 걸릴지도 몰라. 하지만 분명 괜찮을 거야."

……그렇더라도.

앨런은 모든 힘을 잃어버렸다.

용사로서 살아가기는 어렵다.

깨어났을 때, 앨런은 그 사실을 어떻게 생각할까.

조금씩 기분이 가라앉는 것을 느끼고 있으니…….

"다행이다."

가슴에 손을 얹은 라비가 안도하며 숨을 내쉬는 것이 보였다.

"라비……?"

"용사님의 상황이 안 좋다는 말을 듣고 난 뒤로 아빠 줄곧 무척 괴로운 표정을 짓고 있었으니까. 용사님도 죽지 않고, 아빠의 괴로움도 사라져서…… 정말로 다행이야."

라비…….

"……고마워, 라비."

라비의 미소, 라비의 상냥한 말에 구원받는 게 벌써 몇 번째일까.

어렵게 생각해 봤자 소용없다.

앨런이 앞으로 어떻게 될지.

그건 앨런 자신의 문제다.

"일단 안심이긴 하지만…… 앨런은 당분간 계속 잘 거야. 깨어날 때까지 매일 회복 마법을 걸어야 해."

"그럼…… 우리도 여기 묵어?"

"여기는 위생 상태가 걱정돼. 병원으로 옮기자."

나는 잠든 앨런의 몸을 안아 들었다.

몹시 야윈 몸은 가벼웠다.

머슬 파워를 쓸 필요도 없이 가뿐하게 들렸다.

"—자, 그럼. 갈까, 라비."

앨런을 업은 채 라비에게 웃었다.

"응! 내가 문 열게……!"

나는 앨런을 안고서 라비를 데리고 싸구려 여관을 뒤로했다.

14화 아저씨와 소녀, 문병하러 가다

저주를 풀고 싸구려 여관에서 데리고 돌아온 앨런은 그대로 발자크의 병원에 맡겼다.

그로부터 사흘.

앨런은 한 번도 깨어나지 않았지만 안색은 조금씩 좋아지고 있었다.

의사가 말하길, 쇠약했던 몸도 첫날보다 많이 나아졌다고 했다.

아무튼 이 상태로 경과를 지켜볼 수밖에 없을 것이다.

한편 에드먼드의 마법을 맞고 다쳤던 에이허브도 똑같은 병원에 입원해 있었다.

나는 라비와 함께 양쪽 병실에 매일 얼굴도장을 찍었다.

오늘도 앨런의 모습을 보고 나서 라비를 데리고 에이허브의 병실로 향하고 있으니—.

"저기! 혹시 더글러스 씨 아니십니까……?"

복도에서 의사가 나를 불러 세웠다.

"……? 그렇긴 한데……."

의사가 허둥지둥 내 손을 잡았다.

"처음 뵙겠습니다! 저는 에이허브 씨의 치료를 담당하는 의사입니다."

"그랬군. 친구가 신세 지고 있어."

"이야~ 깜짝 놀랐습니다! 에이허브 씨는 크게 다치셨을 텐데, 실려 오셨을 때는 스킬로 완전히 치료되어 있었으니까요. 듣자 하니 더글러스 씨가 치료하셨다던데요."

"그, 그랬지……."

의사는 존경하는 눈길로 나를 바라보았다.

"저희도 의사라서 회복 스킬을 습득하고 있습니다. 그래도 완전 회복 기술은 처음 봤습니다! 신과 같은 솜씨였습니다!"

"하하……. 그건 과찬이겠지. 내가 고칠 수 있는 건 상처뿐이야. 질병 앞에서는 아무런 도움도 안 돼. 앨런의 치료에도 한계가 있었고 말이야."

"그분도 더글러스 씨가……?!"

"에헤헤, 우리 아빠는 대단해~!"

놀라서 몸을 쑥 내민 의사를 향해 라비가 자랑스럽다는 듯 웃었다.

귀엽다.

우리 아이는 천사야.

"더글러스 씨?"

……어이쿠, 이럼 안 되지.

라비의 귀여움에 당해서 나도 모르게 건성으로 듣고 있었다.

당황한 얼굴인 의사를 보고 쓰게 웃었다.

이야기를 되돌리자.

"에이허브도 상처가 나았지만 아직 움직이지 못하잖아?"

"……유감스럽지만 그렇습니다."

회복 마법으로 즉석에서 상처를 고쳐도 그걸로 끝나는 건 아니다.

에이허브의 상처는 매우 심했다.

복잡골절 상태였던 오른팔과 왼팔을 예전처럼 쓰려면 한 달쯤 재활 치료가 필요하다고 했다.

"저기, 더글러스 씨! 회복 스킬 쓰시는 모습을 실제로 꼭 보고 싶습니다만!!"

"하하, 조, 조만간…… 가자, 라비."

"응."

"아아아, 떠나는 뒷모습도 멋있어……!!"

혼잣말을 중얼거리는 의사로부터 도망치듯 라비와 둘이서 허겁지겁 병실로 향했다.

에이허브와 그의 부인이 뭔가 말을 나누고 있는 것 같았다.

문을 열고 안을 들여다보았다.

"입원이라니 호들갑이야. 보다시피 나는 쌩쌩한데…… 으악!"

"거봐! 아직 움직임이 어색하니까 무리하지 마."

억지로 일어나려고 한 에이허브를 부인이 황급히 침대에 다시 눕혔다.

우리가 온 것은 아직 눈치채지 못한 듯했다.

"아빠, 에이허브 아저씨는 어제 왔을 때도 똑같은 말을 했었지……? 안정을 취해야 한다고 의사 선생님한테 혼났는데……."

라비가 손으로 입가를 가리고 소곤소곤 말했다.

나도 라비 옆에 쭈그려 앉아 소곤소곤 대답했다.

"역시 입원시키길 잘했어. 저 상태로 돌아다니려고 하면 넘어져서 다칠지도 몰라."

내 말에 고개를 끄덕거리는 라비의 손을 이끌고 병실에 들어갔다.

"오! 더글러스, 라비. 오늘도 와 줬구나."

"건강해 보여서 다행이야. 하지만 돌아다니는 건 아직 일러."

"라비, 안녕!"

"다이애나, 안녕……!"

"어라? 들고 있는 거 뭐야?"

"있지. 그게……."

라비가 물어보듯 나를 보았다.

고개를 끄덕여 주자 조금 쑥스러운 듯 꼼지락거린 후에 들고 있던 하얀 상자를 에이허브에게 내밀었다.

"에이허브 아저씨, 저기, 이거, 받으세요……!"

오는 길에 둘이서 케이크 가게에 들렀다.

거기서 병문안 선물로 산 과자가 상자 안에 들어 있었다.

"오오! 라비, 고마워. 뭐가 들었을까. 열어 봐도 되니?"

"응…… 아빠랑 골랐어……."

"와아! 그 케이크 가게의 과자야!"

다이애나가 상자 안을 들여다보고 환호성을 질렀다.

"맛있다고 다이애나가 가르쳐 줬으니까."

좋아해 줘서 기쁜 모양이다.

라비가 뺨을 물들이며 싱글벙글 웃었다.

"감사합니다, 더글러스 씨. 매일 이렇게 신경 써 주시고……."

에이허브의 부인이 미안해하며 인사해서 나는 웃으며 고개를 저었다.

"아니, 마음 쓰지 마."

"있지, 있지, 엄마. 먹어도 돼~?"

"그래, 그럼 다 같이 먹을까?"

"와아……!"

"차도 끓일게요. 잠시만 기다려 주세요."

"아, 미안. 너무 신경 안 써도 돼."

에어허브의 아내가 나가고 나는 에이허브와 마주했다.

"—에이허브, 어제 했던 얘기 생각해 봤어?"

내가 그 화제를 꺼내자마자 에이허브는 기막히다는 표정을 지었다.

"생각할 거리도 없어. 어제 분명하게 거절했잖아. 네가 여관 수선비를 내겠다니, 절대 안 돼."

"하지만 아빠, 앞으로 어떻게 하려고?"

"다이애나. 저쪽에서 라비랑 놀고 있어."

"하지만……."

에드먼드의 마법으로 『돼지의 밤울음』은 크게 부서져 버렸다.

그 수선비를 내고 싶다고 제안했는데 에이허브는 이렇게 전혀 들어주지 않았다.

그렇다고 나도 여기서 물러날 수는 없었다.

"내 사정에 휘말린 거잖아. 책임을 지게 해 줘."

"무슨 말을 하는 거야, 더글러스. 잘못한 사람은 그 망할 현자야. 네가 책임을 느끼지 않아도 돼. ―퇴원하면 은행에 다녀올 거야. 여관을 담보로 잡으면 돈을 빌릴 수 있겠지."

"이봐, 그럴 거면 적어도 나한테 빌려."

"더글러스, 나는 친구에게 돈을 빌리고 싶지 않아. 이해해 줘. 자, 이 얘기는 끝이야!"

"에이허브……."

에이허브는 완고한 태도로 창밖으로 시선을 돌려 버렸다.

어제 그의 아내에게 이야기를 들어 보니 에이허브가 수선에 쓸 수 있는 비용은 금화 50닢이라고 했다.

집 한 채를 짓는 데 드는 비용은 보통 금화 100닢.

에이허브의 현재 소지금으로는 턱도 없었다.

여관은 그렇게 돈을 잘 버는 장사가 아니니, 빚이라도 지면 생활이 상당히 힘들어진다.

물론 에이허브의 주장도 이해한다.

만약 입장이 반대라면…….

역시 나도 제안을 거절했을 것이다.

하지만 에이허브에게는 가족이 있다.

어린 딸과 그의 아내가 힘든 생활을 보내게 될 것을 알면서 물러날 수는 없다.

"라비. 다이애나랑 대기실에서 조금 놀고 있을래? 책이 있었지?"

"응…… 가자, 다이애나."

에이허브의 딸 앞에서 이 이상 돈 얘기는 할 수 없다.

그렇게 생각하여 아이들을 밖으로 내보내자 에이허브가 못마땅한 표정을 지었다.

나도 물러날 생각이 없음을 알아차린 거겠지.

아이들과 엇갈려서 에이허브의 아내가 차를 준비하여 돌아왔다.

"어머? 무슨 일 있나요?"

"부인. 잠시 하고 싶은 얘기가 있어."

"얘기는 끝내자고 했잖아……."

에이허브가 불퉁하게 말했으나 일부러 못 들은 척했다.

의아해하며 고개를 갸웃한 에이허브의 아내에게 사정을 설명하니—.

"당신답다고 해야 할까……."

부인이 눈썹을 내리고서 에이허브를 보았다.

에이허브는 시선을 돌린 채 빠르게 대꾸했다.

"걱정하지 마. 너희 고생 안 시켜. 내가 아침저녁으로 일해서 먹여 살릴 거야."

"그런 것보다 상처를 고치는 게 먼저잖아."

부인은 뺨에 손을 얹고서 쓰게 웃었다.

남편의 성격은 나보다 훨씬 잘 알 것이다.

"더글러스 씨, 제안은 정말 감사해요. 하지만 이이는 절대로 뜻을 굽히지 않을 거예요."

“그렇겠지…….”

“저도 남편을 도울 거예요. 걱정하지 마세요.”

“맞아, 더글러스. 나도 다소 모아 둔 돈이 있어.”

그 말을 듣고 나는 문득 떠올렸다.

“돈을 못 받겠다면 네가 낼 수 있는 금액으로 『돼지의 밤울음』을 재건하는 방법을 찾는 건 어때?”

“하지만 내가 낼 수 있는 액수는 미미해……. 그걸로 여관을 지을 수 있을 리가 없어.”

“통상적인 방법으로 건축을 의뢰한다면 그렇겠지.”

“더글러스 씨, 뭔가 다른 방법이 있나요……?”

“반드시 가능할지는 모르겠어. 그래도 시도해 보고 싶어.”

만약 잘 풀린다면 에이허브의 문제를 해결할 수 있다.

“더글러스…… 내가 낼 수 있는 돈은 시세의 절반이야.”

“알고 있어. 확실하게 약속할 수 없어서 미안해. 어때? 에이허브. 그 액수로 재건할 수 있을지 없을지, 내가 확인해 보면 안 될까?”

“……하지만…….”

고개를 숙인 에이허브에게 말했다.

“에이허브. 내 잘못이 아니라고 말해 주는 네 마음은 정말로 고마워. 좋은 친구를 둬서 행복해. 하지만—.”

나는 부인을 보았다.

“역시 무엇보다 소중히 여겨야 하는 건 가족이야. 내가 네 가족을 지키는 걸 돕게 해 줘.”

"더글러스……."

에이허브는 울먹이는 목소리로 말하고서 울음을 참듯 헛기침했다.

"알겠어. 더글러스, 부탁한다."

침대 위에서 에이허브가 깊이 머리를 숙였다.

그 모습을 본 나는 무슨 일이 있어도 금화 50닢으로 『돼지의 밤 울음』을 재건하겠다고 속으로 굳게 맹세했다.

15화 아저씨와 소녀, 장인을 찾다

『돼지의 밤울음』 재건을 목표로 행동 개시다.

우선은 도와줄 목수를 찾기 위해 장인 길드를 찾아갔다.

마침 점심때가 조금 지난 시간.

술집이 병설된 장인 길드에는 동료와 점심시간을 보내기 위해 많은 장인이 모여 있었다.

드나드는 것은 전부 거칠어 보이는 남자들뿐이었다.

모험가 길드의 무리와는 분위기가 또 달랐다.

젊고 저돌적인 인간이 활약하는 모험가 길드와 달리 장인 길드에는 고집스러워 보이는 나이 먹은 남자들이 많았다.

"아빠, 목수 아저씨 있을까?"

"그래. 분명 있을 거야."

길드를 통해 현재 일이 없는 목수를 찾기는 쉽다.

문제는 우리가 제시하는 조건으로 일을 맡아 줄 사람이 있는가 없는가다.

상당히 어려운 문제라는 것은 안다.

그래도 어쨌든 도전해 볼 수밖에 없다.

내가 라비와 손을 잡고 접수처에 서자 접수원 캐트시가 신기하다는 얼굴로 이쪽을 보았다.

"아이와 함께 오는 손님이라니 별일이네. 장인을 찾아?"

"목수에게 일을 부탁하고 싶어."

"—응? 당신, 더글러스 포드?!"

이것 참, 또 평소와 같은 전개인가.

이 상황에 익숙해진 자신이 슬프다.

"미안하지만 딸도 데리고 있으니 너무 소란 피우지 않았으면 해. 나는 목수를 찾으러 왔을 뿐이야."

라비가 겁먹는 것은 싫다.

그 마음 하나로 의연하게 대응하자 예전만큼 심한 소동은 벌어지지 않았다.

그래도 역시 우리 주위로 사람들이 몰려들고 말았다.

"뭐야, 뭐야?! 그 유명한 더글러스가 목수를 찾는다고?!"

"오! 목수라면 여기 있어!"

"영웅 더글러스의 일을 맡을 수 있다니 최고잖아!"

아무래도 모여든 사람은 목수들인 모양이다.

주목받은 결과 도움이 된 것은 이번이 처음일지도 모른다.

목수들은 다들 피부가 까무잡잡하고 군살 없는 근육질 체형이었다.

나이는 나와 별반 다르지 않을 듯했다.

"목수를 찾는 걸 보면 이 도시에 으리으리한 저택이라도 지으려는 건가?!"

"대형 공사라면 우리 스코세시 건설이 맡겠어!"

으리으리한 저택……?!

지레짐작한 목수들은 큰돈을 벌 수 있겠다고 생각한 듯했다.

눈을 번뜩이며 슬금슬금 다가왔다.

아까 한 말 취소다.

역시 주목받아서 잘되는 일이 없다.

“이봐, 기다려. 착각하지 마……!”

나는 겁먹은 라비를 안아 들면서 요건을 설명했다.

이야기를 듣자 목수들의 얼굴에서 순식간에 패기가 사라졌다.

“금화 50닢으로 건축?”

“땅값이 안 든다고 해도 그걸로 여관을 짓는 건 무리야…….”

“더글러스 씨, 당신 아주 유명한 사람이잖아. 돈이 부족하진 않을 텐데?”

“아니, 사정이 있어서…… 내 여관이 아니라 친구의 여관이야.”

“그렇다고 해도, 발자크 번화가의 여관이라면 허술하게 지을 수도 없잖아? 그 가격이어서야, 원.”

“역시 어려울까?”

“어렵다기보다 확실히 말해서 무리야.”

“그런가…….”

포기하고 다른 곳을 찾으려고 했을 때—.

“저, 저기……! 저는 어떨까요…….”

목소리를 듣고 돌아보니 조심조심 손을 든 소녀가 있었다.

복슬복슬한 새하얀 귀와 동그란 꼬리.

수인임을 한눈에 알 수 있었다.

입고 있는 작업복과 허리에 달린 연장주머니를 보고 어렵쇼 싶었다.

연장주머니 밖으로 망치와 못뽑이가 튀어나와 있었다.

목수는 우락부락한 남자들의 일이라는 이미지가 강했기에 놀랐다.

"너, 목수야?"

"네! 저는—."

내 질문에 토끼귀 소녀가 대답하려고 했을 때, 비웃는 듯한 목소리와 함께 다른 사람이 끼어들었다.

"이봐, 캐트리! 그만둬, 그만둬. 너 같은 꼬맹이가, 그것도 여자가 여관을 지을 수 있을 리가 없어!"

"캐트리, 진심으로 목수로 일하려던 거였어? 애먼 짓 하지 말고 요리 실력을 갈고닦는 편이 행복한 결혼에 도움이 될걸?"

"우으! 여러분, 저는 스승님 밑에서 5년간 배웠어요! 그런 말은 하지 말아 주세요."

"푸하하! 토끼가 뭐라고 떠드는데?"

"아 진짜!"

젊은 목수가 놀려 대자 토끼귀 소녀는 분한 듯 고개를 숙였다.

긴 귀가 축 처졌고 빨간 눈에는 눈물이 맺혀 있었다.

고개 숙인 옆모습에서 그녀의 분함이 전해졌다.

조금 전까지 소란스러웠던 길드 내에 꺼림칙한 침묵이 흘렀다.

그때, 내 다리에 찰싹 붙어 있던 라비가 토끼귀 소녀와 목수들을 번갈아 보고 이상하다는 듯 고개를 갸웃했다.

“여자는 왜 안 돼?”

올곧은 눈으로 묻자 목수들이 「윽」 하고 주춤했다.

“그, 그건 말이지, 아가씨. 옛날부터 그래. 여자가 목수 일을 한다는 얘기는 들은 적도 없고 말이야!”

“그, 그렇고말고. 목수는 남자의 일이야.”

“어째서?”

“으음…… 어, 어째서냐고 물어도, 안 그래?”

목수들은 순수한 라비의 질문에 쩔쩔매며 어색하게 시선을 돌렸다.

당연히 그런 말에 라비가 납득할 리 없었다.

“아빠. 어째서야? 여자도 목수가 될 수 있잖아?”

“……맞아, 그렇지.”

라비의 말이 옳다.

목수는 남자의 직업이라고 편견을 가지고 있었던 자기 자신이 부끄러웠다.

“맞아. 이상하지, 라비. 그저 여성이라는 이유로 목수가 되는 건 이상하다는 생각이 잘못된 거야.”

나는 심호흡하여 마음을 다잡은 후, 토끼귀 소녀를 보았다.

“……미안해. 나도 마음속으로 여성 목수라니 희한하다고 생각해 버렸어.”

소녀를 향해 깊이 고개를 숙였다.

“앗, 사과하지 마세요……! 그게 평범한 반응이니까요……! 확실히 저 말고는 목수가 되려는 여자를 만난 적도 없고요!”

소녀가 지금껏 얼마나 고생했는지 그 말을 통해 엿볼 수 있었다.

"저기, 하지만 저 실력은 자신 있어요. 만약 괜찮으시다면 이야기만이라도 들려주시겠어요?"

"이쪽은 시세의 반값밖에 못 내. 그래도 괜찮겠어?"

"사정이 있는 거죠? 그 액수로 건축할 방법을 어떻게든 생각해 보기로 해요!"

"든든한걸. 맡아 주겠다면 꼭 부탁하고 싶어."

"네! 잘 부탁드립니다!"

내가 내민 손을 토끼귀 소녀가 맞잡았다.

우리의 모습을 옆에서 지켜보는 라비도 기뻐 보였다.

"아빠, 목수 언니를 찾아서 다행이야……!"

"그래. 이걸로 첫 난관을 돌파했어."

서로를 보며 미소 짓는 우리 부녀 뒤에서는—.

"저, 저 토끼…… 영웅 더글러스와 계약을 맺었어……."

"대단한데……."

이리하여 나와 토끼귀 소녀 캐트리는 길드를 통해 계약을 맺었다.

16화 아저씨와 소녀, 딸을 처음으로 마차에 태우다

덜그럭덜그럭, 덜컹덜컹.

논두렁길을 달리는 포장마차가 온화한 리듬으로 흔들렸다.

빈 짐칸에 탄 사람은 나와 라비.

그리고 한 명이 더 있었다.

어제 알게 된 소녀, 캐트리였다.

"와아! 저것 좀 보세요, 라비 양. 저쪽 초원에 토끼가 있어요!"

"응……? 어, 어디……?"

"저쪽이요, 저쪽!"

"와아, 정말이다……!"

"후후, 그러고 보니 라비 양도 토끼네요. 저도 토끼니까 짝꿍이에요."

"응…… 짝꿍……."

나는 두 사람을 지켜보며 말했다.

"라비. 캐트리. 밖으로 몸을 너무 빼면 위험해."

"네! 조심할게요!"

"아빠, 걱정 끼쳐서 미안해."

라비는 내 분부대로 고쳐 앉아서 흘러가는 풍경을 반짝이는 눈으로 보았다.

때때로 놀라고 기뻐하며 이 여행을 즐기고 있었다.

"아! 이 길, 예전에 지났던 길이야……. 아빠, 말들은 대단하네……! 이렇게 빨라."

"그래. 이 말은 특히 속도가 빠른 말이야."

돌아오는 길에는 무거운 짐을 싣고 오는 만큼 갈 때는 조금이라도 속도를 내고 싶었다.

그래서 최대한 지구력이 있는 젊은 말을 골랐다.

"돌아올 때는 또 다른 말을 쓸 거야. 나무를 잔뜩 옮길 거니까. 무거운 짐을 옮길 수 있는 말에게 도움을 받는 거야."

"말은 그렇게 무거운 것까지 들 수 있어?"

"마차를 쓰면 차바퀴가 도와주니까. 8톤은 옮길 수 있어."

호오~ 하고 입을 동그랗게 벌리고서 놀라는 라비가 귀여웠다.

"말은 힘이 세구나. 대단해. 하지만 아빠가 훨씬 힘이 세."

"라비 양, 그런가요? 역시 유명한 모험가 더글러스 씨!"

"아빠는 늘 굉장하지만 불끈불끈해지면 더 굉장해!"

라비가 가슴을 쭉 펴고서 기쁜 얼굴로 나를 자랑했다.

남들에게 칭찬받는 것은 부담스러운데, 딸이 자랑하니 참을 수 없이 기뻤다.

나는 쑥스러워서 쓴웃음을 지으며 주변을 둘러보았다.

방금 지난 다리는 밀턴으로 분기하는 십자로였지?

그 도시에서 만났던 사람들, 베로니카와 테드, 장미 공주, 마담.

그들을 그리워하며 달리고 있는 전방을 보았다.

왜 우리가 마차를 타고 있는가 하면, 이야기는 어제, 캐트리와 만난 뒤로 거슬러 올라간다—.

◇◇◇

"—그랬군요. 그런 이유가 있어서 금화 50닢으로 여관을 지어야 하는 거군요……."

캐트리는 하얗고 기다린 귀를 쫑긋거리며 내 설명을 열심히 들어 줬다.

그 후 우리는 장인 길드를 나와서 다른 거리에 있는 『거꾸로 닭 풍향계』라는 가게로 이동했다.

길드 안에도 장인과 의뢰인이 식사할 수 있는 식당이 있지만 거기서는 주위가 신경 쓰인다.

나도 이 소녀도 여러 가지 의미에서 장인들에게 주목받고 있기 때문이다.

특히 이 소녀는 여성이라서 더 그럴 것이다.

일거수일투족을 신경 쓰며 훼방 놓는 족속이 끊이지 않았다.

"친구분을 생각하는 더글러스 씨의 마음, 확실하게 알았습니다. 상황이 그러하니 제 인건비는 필요 없습니다!"

"아니. 그건 제대로 받아 줬으면 해."

"하지만……."

"너도 생활이 있잖아."

캐트리는 우물쭈물 고개를 숙였다.

라비가 걱정하며 말했다.

"캐트리 언니, 왜 그래……?"

어린 소녀가 걱정해서 그런지 캐트리는 용기를 낸 것처럼 얼굴을 들었다.

"죄송해요……. 솔직히 말씀드릴게요. 저는 평소에 일이 거의 없어요. 제게 직접 의뢰가 들어온 적은…… 지금까지 전무하고……. 누군가가 바빠서 일손이 부족할 때, 도우미로 일할 뿐이에요……."

그건 캐트리가 여성 목수라서 부당한 대우를 받는 것 아닌가?

장인 길드에서 있었던 일을 떠올리고 나는 몰래 생각했다.

"그런 제게 처음으로 일을 의뢰해 주셨어요. 그것도 그 유명한 더글러스 씨가! 저는 정말로 기뻐요. 그러니까 급료 같은 건……."

이 일이 캐트리의 자신감으로 이어지는 것은 기쁘다.

하지만 역시 그것만 가지고서 일을 해서는 안 된다.

"너는 자선 사업이 아니라 일류 장인으로서 일을 맡은 거잖아?"

"그, 그건……."

"잘 들어, 캐트리. 일에 걸맞은 급료를 받아야 해. 누군가를 공짜로 부려서 지은 여관이라고 친구에게 말한다면 그 친구는 분명히 화낼 거야."

"윽…… 하지만 저는 누구도 일을 부탁하지 않는 신참이고……."

"그래도 스승 밑에서 제대로 배웠잖아?"

"그, 그럼요! 그것만큼은 자신 있어요……! 저희 스승님은 굉장한 실력을 가진 목수예요!"

"그럼 더더욱 받아야지."

캐트리의 마음을 모르는 바는 아니다.

나도 힘을 잃고 제대로 퀘스트를 클리어하지 못하게 됐을 적에는 자신감을 상실하여 주변이 보이지 않았다.

수주할 수 있는 퀘스트가 있는 것만으로도 감사히 여기며 그걸 클리어하기 위해 포션을 산더미만큼 사들이기도 했다.

퀘스트를 클리어하여 보수를 받아도 포션값 때문에 적자일 뿐이었는데…….

그때의 나는 모험가로서 실격이었다.

"네가 나에게 고마움을 느끼는 것처럼 나도 이 조건을 받아들여 준 네게 고마워. 그러니까 자신감을 가지고 일해 줬으면 해. 그리고 그 능력에 걸맞은 보수를 받아 줘."

"자신감을 가지고……?"

"그래. 스스로 자신의 가치를 깎아내리지 마. 일이 있든 없든 상관없어. 네가 너 자신을 훌륭한 목수라고 생각한다면 당당해져."

소녀의 빨간 눈에 왈칵 눈물이 차올랐다.

캐트리는 곧장 소매로 눈을 비비고 코를 훌쩍였다.

"아…… 알겠습니다……."

"급료 받는 건 납득했어?"

"읏, 네……. 감사합니다……!"

"캐트리 언니, 울지 마……."
"맞아. 자, 계속 식사해야지. 많이 먹어."
"감사합니다아아."
캐트리는 샐러드를 입에 우걱우걱 넣었다.
"그런고로 보수는 확실하게 줄 거야. 하지만 그 외의 비용은 사실 어떻게든 최소화하고 싶어. 어떻게 절약할 방법이 없을까?"
"음, 꽤 어렵겠지만, 열심히 생각해 볼게요!"
샐러드를 한 그릇 더 주문하고서 캐트리는 입을 다물었다.
"무리한 요구를 해서 미안……."
"아뇨, 그렇진 않아요! 저는 기뻐요! 저를 의지해 주셔서 마음을 다잡게 됐어요!"
캐트리는 포크를 쥔 채 으음~ 하고 생각에 잠겼다.
"돈이 드는 건 역시 인건비와 재료비예요. 사람을 줄이면 비용이 줄지만 그만큼 완성이 늦어져요."
"그건 얼마나 영향을 주지?"
"여관은 민가보다 크니까, 으음. 목수가 다섯 명 정도 있어도 한 달 반은 걸릴 것 같아요. 제가 주로 다 하고 도와줄 사람을 한 명 불러서 작업하면 빨라도 석 달은 걸릴 거예요……. 목재를 옮기고 지탱하는 작업은 최소한 인원이 두 명은 필요하니까 아무래도 혼자서는 무리예요."
"그렇군……. 참고로 굉장히 힘이 센 비전문가가 참가하면 도움이 될까?"

라비는 내가 무슨 뜻으로 물었는지 이해하고 얼굴을 번쩍 들었다.

"아빠, 근육 불끈불끈?"

"그래. 머슬 파워를 쓰면 전력이 되지 않을까 싶어서."

"도와주는 사람은 목수가 아니어도 괜찮아요!"

"다행이야."

나는 안도했다.

에이허브의 여관은 역시 내 책임이기도 하다.

그저 구경하면서 지시만 내리는 건 마음이 편치 않다.

"재료는…… 꽤 어려운 문제인데……."

"들려주겠어?"

캐트리는 고개를 끄덕였다.

"건축에 적합한 나무는 사실 굉장히 비싸요."

"그, 그래……?"

"보통은 여관을 지을 때 금화 100닢이 시세인데, 그중 금화 60닢은 목재값이에요."

비용 대부분이 목재로 사라지잖아.

"왜 그렇게 비싼 거지? 귀중한 나무인가?"

"아뇨. 목재 자체는 북쪽에 펼쳐진 시시카바 숲에 있어요. 하지만 그곳은 엘프의 영지니까요. 목재를 사려면 엘프가 가져온 것을 구입할 수밖에 없어요. 발자크에는 한 달에 두 번 정도 입하돼요. 하지만 엘프가 골칫거리죠."

캐트리가 왜 우울해하는지 나는 그 이유를 알아차렸다.

"엘프는 엘프 이외의 종족을 싫어하니까요. 벌목과 운반에 드는 수고료로 엄청나게 바가지를 씌우고 한 푼도 깎아 주지 않아요……."

요컨대 목재 자체의 가치보다도 엘프들과 거래하는 수수료가 많이 든다는 뜻이다.

"곤란하네요. 적어도 엘프 마을에 가서 직접 살 수 있으면 좋겠는데."

엘프는 경계심이 강해서 다른 종족과 엮이는 일을 최대한 피한다.

마음을 허락하는 일은 거의 없고, 특히나 인간을 싫어한다.

인간의 여관을 짓는 데 필요한 목재라는 것을 알면 거래조차 불가능할지도 모른다.

"인간에게 상냥한 엘프도 있긴 하지만……."

그렇게 말하자 문득 생각났다.

"그래. 플로리아의 엘프들에게 부탁해 보면 어떨까. 그들과는 인연이 있어. 내가 직접 나무를 베서 옮기겠다고 하면 조금은 싸게 살 수 있을지도 몰라."

"예?!"

캐트리의 커다란 눈이 동그래졌다.

"아빠, 니키랑 루이 아저씨?"

"그래, 맞아. 분명 우리를 기억하고 있을 거야."

"와아. 만나는 거 기대돼……!"

"네? 어, 어어?"

어리둥절한 모습인 캐트리에게 설명했다.

“아는 엘프가 있어. 며칠 집에 묵기도 했었고, 얘기는 들어 줄지도 몰라.”

“어…… 네에에에에에에에에?!”

캐트리는 큰 목소리로 외쳤다.

“아는 엘프가 있다니…… 어떻게 알게 된 건가요?!”

그렇게 거창한 이야기는 아니다.

그저 여행길이 같았을 뿐이다.

“말을 이용하면 플로리아까지 왕복 20일이면 돼. 벌목한 나무를 옮기려면 마차가 필요하기도 하고 말이야.”

마차를 빌리는 돈은 건설비와 별개로 생각해도 되겠지.

약간 꼼수가 될지도 모르지만 이 정도는 내 돈으로 내고 싶다.

이리하여 우리는 마차를 타게 된 것이다.

17화 아저씨와 소녀, 간식 시간을 즐기다 ~사과가 씹히는 애플파이와 더운 날에 최고인 레몬수~

도시를 출발한 지 세 시간.

맑고 푸른 하늘에 여름의 태양이 눈부시게 빛나고 있었다.

나는 이마에 맺힌 땀을 닦으며, 지나가는 바람을 맞고 눈을 가늘게 떴다.

마차의 장막 덕분에 그늘에 있을 수 있어서 고마웠다.

이렇게 더운 날씨다.

만약 도보 여행이었다면 상당한 체력을 뺏겼을 것이다. 라비와 캐트리는 버티지 못했을지도 모른다. 마차를 타고 와서 정말로 다행이다.

지금 라비는 마차 뒤편에서 즐겁게 풍경을 바라보고 있었다.

캐트리는 아마 열여덟 살 정도일 테지만 훨씬 어린 라비를 잘 돌봐 줬다.

“캐트리 언니, 저쪽에는 밀턴이라는 도시가 있어. 예쁜 언니들이 잔뜩 있는 즐거운 곳이야.”

“그렇구나! 라비 양은 좋겠네요. 아빠와 이런저런 도시를 다녔나 봐요. 저는 시골을 나오면서 승합 마차를 탄 뒤로 여행 같은 건 해본 적이 없어요.”

캐트리의 그 발언을 듣고 의아해졌다.

"고향에 아예 안 돌아가나?"

"네. 지금은 아직 돌아갈 수 없어요. 저는 집을 뛰쳐나왔으니까요. 가족에게 걱정을 끼치고 있으니까 어엿한 목수가 되기 전까지는 얼굴을 보일 수 없어요!"

그 마음을 모르는 바는 아니다.

나도 똑같이 어머니의 속을 썩였으니까…….

예전의 나를 보는 것 같아서 복잡한 기분이었다.

"가족은 걱정하고 있지 않을까?"

"네. 그렇기에 제가 도편수가 되어 지은 집 이야기를 하고 싶어요. 그러면 분명 안심할 거예요."

"그럼 언니, 곧 돌아갈 수 있겠네."

라비가 캐트리를 향해 방긋 미소 지었다.

"에이허브 아저씨의 여관을 만들어 줄 거잖아. 자신감을 가지고서 엄마 아빠랑 만날 수 있어……!"

라비의 발언을 듣고 캐트리는 퍼뜩 놀란 얼굴이 되었다.

"그러, 네요. 처음으로 일을 맡아서 현실감이 없었지만……."

당황하던 캐트리의 얼굴에 자랑스러워하는 웃음이 떠올랐다.

그 눈이 반짝반짝 빛났다.

"실현되도록 노력하겠어요! 고마워요, 라비 양! 더글러스 씨!"

라비와 나는 웃으며 고개를 끄덕여 대답했다.

꿈을 향해 열심히 노력하는 소녀와 이야기하는 것은 분명 라비에

BOOKS

게 좋은 영향을 줄 것이다. 그런 의미에서도 캐트리의 존재는 한없이 감사했다.

“있지, 아빠. 에이허브 아저씨의 새로운 여관이 완성되는 거 기대된다. 그치?”

“그래, 맞아.”

대답하고 다시금 라비를 보니 어느새 앞머리가 땀에 젖어 이마에 붙어 있었다.

라비 본인도 간지러운 듯했다.

“잠깐만 기다려, 라비. 앞머리를 올리자.”

앞머리를 한데 모아 정수리에서 리본으로 묶었다.

동그란 이마가 두드러져서 이건 이것대로 사랑스러웠다.

“고마워, 아빠!”

기뻐하며 감사 인사를 하니 나도 웃음이 났다. 다만 땀을 꽤 많이 흘린 것이 걱정되었다.

“목마르지 않아?”

“마른 것 같아…….”

“그래, 좋은 게 있어.”

실은 라비와 캐트리 몰래 비장의 간식을 준비해 뒀다.

포장마차 안쪽에 숨겨 뒀던 상자 속, 얼음덩어리를 넣어 차갑게 해 둔 그것을 꺼냈다.

뚜껑 달린 유리병 안에는 둥글게 자른 레몬을 띄운 투명한 액체가 담겨 있었다.

"아빠, 이게 뭐야?"

"레몬수인가요?"

라비와 캐트리가 동시에 상체를 내밀고 물었다.

이러고 있으니 나이 차이 나는 자매 같았다.

"둘 다 일단 마셔 봐."

나는 뚜껑을 따서 라비와 캐트리에게 한 병씩 건네줬다.

시원한 병을 들자 소녀들이 「차가워~!」 하면서 기뻐했다.

"잘 먹겠습니다……!"

그렇게 말하고 라비가 병에 입을 댔다.

목이 꿀꺽꿀꺽 움직인 후, 라비의 눈에 놀람과 기쁨의 빛이 깃들었다.

"꼴깍꼴깍꼴깍……!"

작은 두 손으로 병을 꼭 잡고 열심히 마시는 모습이 사랑스러웠다.

옆에서 그 모습을 보던 캐트리도 라비를 따라 단숨에 마시기 시작했다.

둘 다 전혀 병을 놓으려고 하지 않아서 웃고 말았다.

절반 정도를 한 번에 마신 후 마침내 입을 뗀 라비는 기쁨이 가득 담긴 얼굴로 나를 올려다보았다.

"아빠, 정말 맛있어……!"

"레몬수에 소금 한 자밤과 벌꿀을 섞었어. 영양도 있고, 땀을 흘렸을 때의 수분 보충에 좋아."

"라비 양이 말한 대로 정말 맛있어요! 더글러스 씨는 뭐든 잘하시는군요!"

캐트리가 입가를 닦으며 웃는 얼굴로 말했다.

그 옆에서 남은 레몬수를 열심히 마시던 라비가 갑자기 코를 킁킁거렸다.

"어라……. 이거 말고도 맛있는 냄새가 나……."

"어? 그런 냄새가 나나요?"

캐트리가 의아해하며 고개를 갸웃했다.

나는 무심코 웃음을 터뜨리고 말았다.

"풉…… 하하! 라비의 코는 맛있는 음식에 민감하구나."

"맛있는 걸 좋아하니까……."

그래, 알고 있어.

그런 네가 기뻐하는 모습을 보고 싶어서 이걸 준비해 왔지.

빨개져서 꼼지락거리는 라비를 향해 나는 또 다른 상자를 꺼냈다.

"냄새의 정체는 이거야."

빨간 리본으로 포장된 하얀 상자.

낯익은 모습이었는지 라비가 눈을 동그랗게 떴다.

"이, 이거 혹시……?!"

라비치고는 드물게도 큰 목소리였다. 나는 얼굴이 풀어지는 것을 느끼며 상자를 건넸다.

기뻐하는 라비를 보기만 해도 나까지 행복해졌다.

"열어 봐."

라비가 서둘러 리본을 풀고 상자를 열었다. 나타난 것은—.

"와아아!!"

"아~! 이, 이건~! 유명한 케이크 가게의 애플파이잖아요~!"

기뻐서 말을 잇지 못하는 라비 대신 캐트리가 정답을 말했다.

그랬다. 이건 다애이나가 라비에게 추천했던 가게의 애플파이였다.

라비에게 줄 선물로 한 번 샀었지만, 에드먼드 일로 정신이 없어서 결국 라비의 입에 들어가지 못했다.

에이허브의 병문안용으로 과자를 사러 갔을 때 다시 사려고 했는데 라비는 고개를 도리도리 저으며 거절했다.

『오늘은 에이허브 아저씨에게 줄 선물을 사러 왔으니까…….』

우리가 따로 먹을 걸 사도 문제없을 거라고 말했지만 라비는 고개를 끄덕이지 않았다.

분명 라비 나름의 긍지가 있을 것이다.

먹고 싶어 한다는 것은 알았기에 오늘 아침 마차를 구하러 간 김에 사 뒀다.

"잘려져 있는 애플파이니까 이대로 먹을 수 있어. 흘리지 않게 조심해. 자, 캐트리도 사양 말고 먹어."

"예?! 저도 받아도 되나요?!"

"물론이야. 맛있는 건 다 같이 먹어야지."

"와아! 감사합니다! 츄릅."

"언니, 침이……!"

"앗, 이런. 나도 모르게……."

황급히 침을 닦는 캐트리를 보며 라비와 나는 소리 내어 웃었다.

자, 그럼 먹어 볼까.

셋이서 얼굴을 마주하고 「잘 먹겠습니다」 인사한 뒤에 한 입 베어 물었다.

……마, 맛있어……!

식었어도 바삭바삭한 식감을 전혀 잃지 않았다.

식감에 감동한 직후 찾아오는 버터의 풍미와 달콤한 사과잼 향기.

파이 반죽 안에 든 사과는 커다래서 씹는 맛이 났다.

씹은 순간, 입 안에서 과즙이 터지며 끝내주는 맛이 났다.

"흐아아아아…… 마시써……!"

뺨을 누르고서 라비가 그렇게 중얼거렸다.

캐트리도 똑같은 포즈로 고개를 주억거렸다.

"맞아요! 이렇게 맛있는 애플파이는 처음 먹어 봐요!"

"이 애플파이를 알고는 있었지? 먹어 본 적 없었어?"

"빠듯한 생활이라 평소에는 빵도 간신히 먹어서…… 달콤한 음식은 오랜만이에요!"

맛있다는 말을 주고받으며 애플파이를 입 안 가득 넣는 두 사람을 보고 나는 마음이 충만해지는 것을 느꼈다.

라비와 이렇게 맛있는 음식을 먹고 행복한 시간을 보내는 것도 오랜만인 것 같다.

에드먼드와 앨런 문제, 『돼지의 밤울음』 재건과 관련하여 최근 여러 가지로 정신이 없었으니 말이지.

아직 문제는 남아 있지만, 이렇게 맛있는 음식을 먹으며 다 같이 웃다 보면 웬만한 고난은 어떻게든 될 터다.

그렇게 생각하고 푸른 하늘을 올려다보니 메마른 바람이 내 젖은 머리카락을 상냥하게 흔들고 갔다.

18화 아저씨와 소녀, 반가운 사람들과 재회하다

중간중간 마을 보급소에 들러 말을 교환했다.

여행은 순조롭게 이어졌다.

사고라고는 논두렁길에 차바퀴가 빠져서 조금 애먹은 것 정도였다.

그것도 머슬 파워로 대처하여 예정에는 거의 차질이 없었다.

그렇게 출발한 지 열흘째.

우리를 태운 포장마차는 예정대로 『스노크 숲』에 도착했다.

이 앞에 엘프 마을 플로리아가 있다.

"라비. 이 갈림길 앞이 딱 루이와 니키를 만난 곳이야."

그날은 비가 폭풍우처럼 쏟아졌었지.

그립게 느끼며 푸른 하늘을 올려다보았다.

오도 가도 못하며 쩔쩔맬 때 맞닥뜨린 엘프 부자 루이와 니키.

도와주겠다고 제안하자 처음에는 인간이라는 이유로 매우 경계받았었다.

상대는 다른 종족을 싫어하는 엘프였는데, 지금 생각해 보니 나도 너무 무신경했다.

그래도 똑같이 어린 자식을 둔 부모였기에 곧 마음을 터놓고 좋은 추억을 만들었다.

그 후, 나무 위에 지어진 집에 초대되어 엘프족의 전통 요리를 대접받기도 했었다.

그러고 보니 낙뢰로 불탄 집은 그 후 어떻게 됐을까.

"다들 잘 지내고 있으면 좋겠는데. 라비도 니키 보고 싶지?"

"응. 또 같이 놀고 싶어."

"정말로 엘프와 친구라니 굉장해요! 아! 하지만 외지인인 제가 함께 가도 괜찮을까요……?"

나와 라비의 대화를 듣고 있던 캐트리가 걱정스럽게 물었다.

그에 관해서는 나도 생각해 봤다.

확실히 엘프는 다른 종족에 대한 경계심이 강하다. 그래도 직접 접해 보고 알게 된 것이 있었다.

내가 느끼기에는 항간에서 말하는 것처럼 근거도 없이 인간을 거부하지는 않았다.

적어도 플로리아에 사는 엘프들은 그랬다.

그렇기에 나와 라비는 그들의 친구가 될 수 있었다.

"처음에는 다소 경계받을지도 몰라. 만약 불쾌한 경험을 하게 된다면 미안해. 하지만 악의적인 태도를 보이는 자들은 아니니까 걱정하지 마."

"알겠습니다……! 저도 처음 만난 상대를 대할 때는 긴장하니까요!"

"하하! 듣고 보니 그건 엘프만의 특징이 아니네."

엘프 마을로 가는 길 앞에서 마차를 내려 내일 같은 시각에 와 달라고 부탁했다.

그런 다음 셋이서 숲속 길을 걸어갔다.

"아! 아빠, 다들 있어……!"

라비의 들뜬 목소리를 듣고 얼굴을 드니 마을 입구에서 작업 중이던 엘프들이 퍼뜩 놀라 이쪽을 돌아보았다.

그들의 표정에 놀람과 기쁨의 색이 떠올랐다.

어라……?! 하지만 저 녀석들 뭔가…….

"더글러스 씨?!"

"라비 양도……!!"

"우와아!! 오랜만에요~!"

작업을 중단한 엘프들이 육중한 소리를 내며 달려왔다.

"이봐들~! 더글러스 씨와 라비가 왔어~!"

"뭐? 더글러스 씨 부녀가 놀러 왔다고?!"

순식간에 왁자지껄해지며 마을 곳곳에서 작업하던 다른 엘프들도 우르르 몰려들었다.

다들 예전처럼 웃고 있었고 건강해 보였다.

환영하는 마음이 전해져서 우리도 기뻐졌다.

다만 그들의 모습이 놀라웠다.

"응? ……오늘은 수인 여자아이도 같이 왔나?"

"외지인인가……. 하지만 뭐…… 더글러스 씨의 동료라면……."

"처, 처음 뵙겠습니다! 캐트리라고 합니다!!"

긴장한 캐트리에게 엘프들도 어색하게 인사했다.

어떻게든 잘 지낼 것 같아서 다행이지만.

그건 일단 제쳐 놓고…….

"왜 다들 그렇게 근육질이 된 거야……?!"

"다들 커다래졌어……."

라비도 놀라서 눈을 동그랗게 떴다.

그도 그럴 것이.

엘프 남자들은 못 본 사이에 근육질이 되었고 체격도 두 배 가까이 커져 있었다.

예전에 만났을 때는 다들 선이 가늘고 늘씬했었다.

얼굴을 보면 「아아, 아는 사람들이구나」 싶다.

하지만 체형이 너무 변했잖아……!

"더글러스 씨를 목표로 매일 단련했거든요."

"더글러스 씨는 우상이니까요!"

"더글러스 씨의 머슬 파워에는 한참 못 미치지만, 꽤 성과가 나오지 않았나요?!"

하얀 치아를 보이며 웃은 그들은 근육을 과시하는 포즈를 취했다.

자랑스러워하는 얼굴이었다.

"충분하고도 넘치는 성과인 것 같은데……."

내 발언을 칭찬으로 받아들였는지 엘프들은 손뼉을 치며 기뻐했다.

그들이 행복하다면 뭐, 좋은 거겠지 하는 생각도 든다.

그때 뒤늦게 루이가 왔다.

"더글러스 씨!! 오랜만입니다!!"

"그, 그래…… 루이, 너도 아주 늠름해졌네."

루이도 역시 세 배쯤 커져 있었다.

다만 여전히 조심스러운 미소를 짓고 있어서 안도했다.

겉모습이 바뀌었어도 그의 내면이 바뀌지는 않은 것이다.

루이의 변화보다도 내게 충격을 준 것은 니키였다.

"아, 안녕, 라비. 오, 오랜만이야……."

"어……?"

어른과 크게 다르지 않은 몸집의 키 큰 소년이 쑥스러워하며 라비 앞으로 나왔다.

쭈뼛거리는 수줍은 표정에는 확실히 니키의 모습이 남아 있었다.

굉장하다, 니키…….

아이는 고작 몇 달 만에 이렇게까지 성장하는 건가…….

어른들과 함께 단련했는지 체격이 상당히 탄탄했다.

"라비, 니키도 많이 커서 깜짝 놀랐지……?"

그렇게 말하며 돌아보니 라비가 내 뒤로 쏙 숨었다.

"어?!"

라비의 태도를 보고 니키가 비통하게 외쳤다.

"왜 숨어? 라비! 나야!"

"누, 누구……?"

"어어어어……?! 니키라니까! 이 마을에서 만났잖아!"

"……니키, 그렇게 커다랗지 않았는걸……."

안절부절못하며 동요하는 니키와 경계하는 라비.

니키는 눈에 띄게 풀이 죽어서 끝내 울상을 짓고 말았다.

라비가 니키를 니키라고 인식할 때까지 얼마간 시간이 필요할 것 같다…….

19화 아저씨와 소녀, 여름 임업을 돕다

"그나저나 정말로 놀랐어."

엘프들의 근육에 대한 감상을 다시금 전하자 옆에 있는 라비도 진지한 얼굴로 고개를 끄덕거렸다.

"몸을 단련하는 건 멋진 일이더라고요. 이것저것 새로운 발견도 있고 말이죠. 지금까지 우리 엘프가 얼마나 마법에 의존했는지 반성했습니다."

나무를 벌목하는 작업도 소수 인원으로 처리하게 되었다고 한다.

덕분에 능률이 올랐다며 루이는 기쁘게 미소 지었다.

"아, 맞다. 그 일과 관련해서 부탁하러 왔어. ……캐트리, 같이 설명해 주겠어?"

"네!"

나는 캐트리의 도움을 받아 이 마을에 온 경위를 설명했다.

"아, 그런 일이었나요! 다른 누구도 아닌 더글러스 씨의 부탁인걸요. 얼마든지 협력하겠습니다!"

루이의 말에 다른 엘프들도 고개를 끄덕였다.

설마 이렇게 간단히 승낙할 줄은 몰랐다.

"정말로 괜찮아?"

무심코 되묻자 루이는 섭섭하게 왜 그러냐며 웃었다.

"당신은 우리의 친구입니다. 남남처럼 조심스러워하는 게 오히려 충격이에요."

친구라고 생각하고 있었나.

그 말이 기뻐서 나는 쑥스러워하며 머리를 긁적였다.

"그래, 고마워."

"더글러스 씨, 굉장해요! 정말로 엘프와 교섭했어요!"

캐트리가 감동해서 혼잣말 음량으로 말했다.

이런 걸 교섭이라고 할 수는 없을 것이다.

단순히 엘프들의 호의를 감사히 받았을 뿐이다.

"더글러스 씨, 필요한 목재의 양을 가르쳐 주세요. 내일 저희가 싣겠습니다. 다들 대금은 필요 없지?"

"그래, 당연하지. 불이 났을 때 더글러스 씨에게 크게 신세를 졌으니까!"

엘프들이 그런 말을 꺼내서 나는 허둥지둥 양손을 휘저었다.

금전적인 사정을 헤아리고 말을 꺼냈을 것이다.

하지만 캐트리 때와 마찬가지로 그건 역시 받아들일 수 없었다.

"아니, 그건 안 돼. 확실하게 시세대로 물건값을 받아 줘. ……다만, 그게, 뻔뻔한 부탁이지만…… 대신 수고비를 깎아 줄 수 있을까? 물론 벌목은 우리가 알아서 할게."

"무슨 말씀이세요. 당신은 은인이고 친구입니다. 그런 일은 시킬 수 없습니다!"

"고마워. 루이. 마음은 정말로 기뻐. 하지만 물건과 사람의 가치를 부당하게 깎아내리는 짓은 하고 싶지 않아."

캐트리를 설득했을 때와 똑같은 이야기를 엘프들에게도 했다.

최종적으로 엘프들도 쓴웃음을 지으며 고개를 끄덕여 줬다.

"알겠습니다. 단, 숲 안내와 도구 대여 정도는 돕게 해 주세요. 안 그러면 저희의 기분이 편치 않으니까요."

"그래. 그 부분은 부탁할게."

쌍방 모두 납득이 가는 결과가 되었기에 우리는 바로 목재를 모으기로 했다.

◇◇◇

루이에게 안내받아 향한 숲은 여름의 상쾌한 공기로 가득 차 있었다.

저번에 왔을 때는 발을 들이지 않았던 숲의 작업장이었다.

라비도 신기한지 내 옆에 찰싹 붙은 채 주위를 두리번두리번 살펴보았다.

그대로 한동안 나아가자 그루터기들이 가득한 탁 트인 곳이 나왔다.

이미 간벌이 끝나서 나무들이 지면에 눕혀져 있었다.

"와아! 노송삼나무가 이렇게 많다니……!"

역시 장인이다. 캐트리는 한눈에 나무의 종류를 구분하고 감격하여 외쳤다.

"이건 굉장해요! 압권인 광경이에요!"

"캐트리에게도 보기 드문 광경인가?"

"네! 노송삼나무는 최고급 나무라서 좀처럼 볼 수 없거든요. 전부 두껍고 훌륭해요!"

"최, 최고급……."

예산은 한정되어 있다.

깎아 주더라도 낼 수 있을까.

불안해졌다.

"괜찮습니다, 더글러스 씨. 수고비를 뺀 가격만 받을 거니까요. 지금 계산 중이니 잠시만 기다려 주세요."

"다 됐어. 토끼 아가씨가 말한 개수라면 이 정도겠지."

가격을 계산하던 엘프가 종이에 적은 금액을 우리에게 보여 줬다.

응?! 이렇게 저렴해도 되는 건가?

시세를 모르는 내 옆에서 캐트리가 숨을 헉 삼켰다.

"더글러스 씨, 확실하게 말해서 파격적으로 저렴해요……!! 건축에 쓰이는 가장 싼 나무보다도 저렴한 가격이에요!"

"그래?"

"네! 심지어 제가 말한 가장 싼 나무는 발자크 근처 숲에서 누구든 손에 넣을 수 있지만, 쉽게 상하고 내구성도 좋지 않아요……. 그에 비해 노송삼나무는 최고예요. 겨울에는 따뜻하고 여름에는 시원하고. 여관의 손님도 쾌적하게 지낼 수 있을 거예요."

"그렇게 좋은 나무를……. 루이. 정말 이 가격에 사도 돼……?"
"네. 약속한 대로 재료비를 시세대로 청구했습니다. 벌목은 끝났으니 필요한 만큼 마차에 실으시면 돼요."
"베어 둔 나무를 가져가도 된다는 거야?"
"오히려 그래 주시면 좋겠어요. 벌목하기 좋은 시기는 아니거든요."
여름에는 나무가 성장을 위해 물을 흡수해서 매우 무거워진다.
그래서 벌목은 가을부터 겨울에 걸쳐 이루어진다고 했다.
"벌목을 끝낸 나무를 눕혀 둔 것도 내부의 수분을 증발시키기 위해서예요."
"과연, 그랬구나."
그저 운반만 하고 수고비를 안 받을 수는 없다.
나는 괜찮다면 지금 시기에 하는 작업을 돕고 싶다고 제안했다.
루이는 내가 뜻을 굽히지 않을 것을 알았는지 쓰게 웃으며 고개를 끄덕여 줬다.
"지금은 식림을 하고 있습니다. 도와주시겠어요?"
"예? 이런 시기에 말인가요?"
캐트리가 이상하다는 얼굴로 물었다.
"원래는 봄에 하지만. 올해는 마을에 불이 나서 집을 다시 짓느라 거기까지 신경 쓰질 못했거든요. 도와주신다면 무척 감사한 일입니다."
"그런가!"
보탬이 될 것 같아서 안도했다.

“아빠…… 나도 돕고 싶어.”

“저도 도울게요!”

라비와 캐트리가 손을 번쩍 들었다.

“아! 그럼 두 사람은 풀매기를 도와줘. 그것도 여름에 하는 일인데, 식림한 묘목을 지키는 데 중요한 작업이야!”

니키가 그렇게 말했다.

“마을 어린이들이 하는 일이랍니다.”

루이가 덧붙였다.

“아이들도 열심히 일하는구나.”

숲속이더라도 이 시기는 덥다.

겨울에 나무를 벌목할 때와는 또 다른 괴로움이 있을 것이다.

“정말로 힘든 작업인데요. 괜찮으시겠어요……?”

“힘든 작업이니까 돕는 게 의미가 있지.”

해야 할 일을 알았기에 작업을 개시했다.

우선은 캐트리의 지시하에 필요한 만큼 나무를 운반했다.

머슬 파워를 써서 한 번에 여러 나무를 옮겼기에 그 작업은 순식간에 끝났다.

다만 엘프들이 「오랜만에 보는 머슬 파워다!」라며 크게 환호하고 박수를 쳐서 상당히 부끄러웠다.

운반 작업이 끝난 뒤에는 니키가 라비와 캐트리에게 풀매기를 가르쳐 줬다.

“이 삽으로 풀의 뿌리까지 뽑아 줘. 풀만 뜯으면 뿌리에서 바로 자라거든."

"영차……. 이렇게……?"

"와아, 라비 양 잘하네요! 나도 질 수 없지~!"

두 사람은 어색한 손놀림이었지만 즐겁게 작업을 진행했다.

"더글러스 씨, 그럼 식림을 위한 사전 준비를 부탁할 수 있을까요?"

"그래."

엘프들과 함께 나무가 심기지 않은 곳으로 이동했다.

풀매기 중인 라비의 모습도 확실하게 보여서 안심이었다.

"이곳은 나무를 벌채하고 1년 묵힌 땅이에요. 여길 가는 걸 도와주시겠어요?"

"이 정도 일로 괜찮겠어?"

"다른 나무의 뿌리가 뻗어 있어서 뒤엎는 건 꽤 힘든 작업이거든요. 뿌리가 많이 다치지 않게 해야 하고요."

그렇군.

막무가내로 흙을 파낸다고 능사는 아닌 건가.

"이 주변 일대를 가는 데 여럿이 달려들어도 닷새는 걸려요. 그러니 도와주신다면 무척 감사하죠. 더글러스 씨가 계시면 일당백이니까요! 하루 만에 꽤 진행되지 않을까요?"

"아니. 바로 끝내겠어."

"예?"

"조금 물러나 있어 줘."

엘프들이 눈을 끔뻑이며 거리를 뒀다.

……광범위이니 너무 가감하지 않아도 괜찮겠지.

머릿속으로 마법의 위력을 이미지했다.

엘프들이 확실하게 떨어진 것을 확인한 후, 나는 지면에 손을 짚고 땅 마법을 영창했다.

"우왓?!"

지면이 불룩불룩 소리를 내며 솟아오르기 시작했다.

마치 거대한 두더지가 땅속을 기어가는 듯한 움직임을 보고 엘프들이 놀라서 외쳤다.

나는 그대로 지정된 구획의 흙을 전부 땅 마법으로 갈아엎었다.

"이, 이건 뭐죠. 너무 굉장해요……!!"

"땅이 순식간에 갈렸어?!"

"그것도 부드럽게 들어 올리듯이…… 뿌리가 전혀 다치지 않았어!"

허리를 숙인 엘프들은 흥분한 모습으로 갈린 땅을 확인했다.

힘을 조정하느라 고심했던 나는 휴 한숨을 쉬었다.

"굉장해, 더글러스 씨! 이렇게 빨리 끝나다니!"

"바로 식림에 착수할 수 있겠어!"

엘프들이 서로 어깨를 두드리며 기뻐했다.

수고비에 걸맞은 일이었기를.

그렇게 생각하며 나는 손바닥에 묻은 흙을 탁탁 털었다.

20화 아저씨와 소녀, 엘프의 잔치에 초대받다

식림 작업이 빨리 끝났기에 남은 시간에 잡일도 도왔다.

여차여차하는 사이에 여름의 긴 날도 저물어서—.

역시 이번에도 루이의 집에 묵게 되었다.

"신난다~! 자고 갈 거면 베개 싸움 하자, 라비!"

"안 해……. 니키, 집에서 그런 일 하면 안 돼……."

"거, 거절당했어……."

니키가 고개를 푹 숙였다.

그래도 같이 작업하면서 성장한 니키에 대한 경계심을 풀었는지 두 사람은 예전 같은 거리감으로 점점 돌아가고 있었다.

그럼 숨바꼭질하자고 다시 제안한 니키는 또 바로 거절당했지만…….

그런 아이들 옆에서 캐트리가 안절부절못하며 실내를 둘러보고 있었다.

"엘프의 집에 묵게 되다니……. 감동이에요……! 게다가 무척 멋진 집이네요!"

"그래, 맞아. 그리고 루이의 부인이 만든 요리는 무척 훌륭해."

"어머나, 더글러스 씨도 참."

"요리라고 하니 생각났는데요, 더글러스 씨. 오늘은 마을 잔치라도 여는 게 어떨까 하는 얘기가 나왔는데, 어떠신가요?"

"오오, 끼워 준다면야 고맙지."

잔치라는 말을 듣자마자 아이들이 환호했다.

라비는 분명 맛있는 음식을 상상했을 것이다.

커다란 눈이 반짝반짝 빛나고 있었다.

◇◇◇

공동 욕탕을 빌려 땀을 씻은 후, 옷을 갈아입고 더위를 식힌 다음 루이의 집에서 잔치가 시작되었다.

낯익은 엘프들이 요리와 술을 들고서 하나둘 나타났고, 시간이 지나면서 참가자의 수는 점점 늘어났다.

"이야~! 당신은 오늘도 정말로 멋졌어!"

"우리도 단련해 봤지만, 더글러스 씨를 당해 내려면 멀었다니까."

"라비, 살이 조금 탄 것 같은데? 이 마을을 떠나고 어떤 곳에 갔어?"

"음…… 밀턴이랑 발자크랑…… 토이 베리랑, 그리고 히스콕에도 갔어."

양반다리로 앉은 내 앞에 다소곳이 앉은 라비는 우물우물 입을 움직이며 대답했다.

예전에 친절하게 대해 줬던 엘프들이라 그런지 낯을 가리는 라비도 평소보다 편해 보였다.

오히려 조금 들뜬 것도 같았다.

생각해 보면 나도 어릴 적에 술자리에 끼어서 어른들과 이야기하면 굉장히 설렜었다.

어른의 세계를 엿보는 느낌이 즐거웠었다.

잔치는 어린아이에게 상당히 특별한 자리니 말이지.

"토이 베리라면 바다와 면한 피서지였죠?"

"맞아……. 아빠가 있지, 바닷속에 길을 만들어서 토이 베리의 전설이 됐어."

"바닷속에 길을?!"

"살아 있는 전설이 됐다는 거야?!"

"역시 더글러스 씨야……!!"

"응, 아빠는 대단해……."

라비가 자랑스러워하며 나를 돌아보았다.

살아 있는 전설이라는 말이 무척 부담스럽지만 라비의 자랑거리가 된 것은 기뻤다.

"자~ 여러분. 향초를 곁들여 구운 참마와 새벽콩이에요!"

새로 나온 요리를 보고 라비가 숨을 헉 삼켰다.

"와아……!! 이거 되게 맛있었던 요리야……!"

"라비, 요전번에 왔을 때 이거 맛있게 먹었지? 아줌마가 열심히 만들었어."

"미안해, 부인."

"괜찮아요, 괜찮아. 우리 니키도 아주 좋아하는 음식이니까."

"거기 토끼 아가씨, 이 샐러드 먹어 봐요. 당근이랑 마늘로 만든 드레싱이 맛있어."

"당근과 마늘……! 최고의 조합이네요! 먹을래요!"

루이네 영감님이 권하자 캐트리가 귀를 쫑긋 세웠다.

이렇게 많은 사람이 모여도 괜찮은 걸까 일순 생각했지만, 루이의 가족들도 즐거워 보여서 안도했다.

그러고 보니 예전에도 화재 현장을 정리한 후에 큰 잔치가 열렸었다.

그때도 즐거웠지.

그렇게 떠올리고 있으니 누군가 옆에서 접시에 담긴 요리를 쓱 내밀었다.

"여기요, 많이 드세요."

"고마워. ……음? 너는…… 로즈잖아."

나와 눈이 마주친 순간, 로즈가 부끄러운 듯 눈을 살짝 내리떴다.

예전에 이 마을에 왔을 때, 내게 마음을 고백해 준 여성이었다.

"자, 잘 지냈어?"

"네. 더글러스 씨도 건강해 보여서 안심했어요."

그런 일이 있었는데도 로즈는 온화한 모습으로 내게 미소 지어 줬다.

"무사히 여행하시길 줄곧 기도했어요. 정말로 다행이에요."

"고, 고마워……."

곤란한걸.

멋쩍어서 어떤 표정을 지으면 좋을지 모르겠다.

"후후. 저는 신경 쓰지 마시고 요리와 술을 즐겨 주세요."

"그래……."

나를 보는 시선에 긴장하며 건네받은 요리를 먹었다.

"맛있어!"

"다행이다. 그건 저희 집에 대대로 전해 내려오는 조림이에요."

"그랬군. 부드러운 단맛이 배어 있어서 정말로 맛있어."

우걱우걱 먹자 이번에는 반대쪽에서 술을 권했다.

"잘 먹는데! 더글러스 씨, 술 한 잔 더 어때?"

"이쪽 요리도 먹어 줘. 저번에는 결국 안 먹었잖아."

"라비, 이 생선은 가시가 없어서 먹기 편해."

곳곳에서 말을 걸어와 왁자지껄하게 식사를 즐겼다.

다들 진심으로 재회를 기뻐하는 것 같아서 정말로 고마웠다.

"루이. 그러고 보니 피뢰침은 어떻게 됐어?"

"아, 아…… 그게, 행동하자고 생각은 하는데, 쉽지 않아서…… 하하……."

"……?"

일순 루이가 어색한 표정을 지은 것 같았다.

잘 풀리지 않는 걸까?

"저기, 더글러스 씨. 이번 목재는 발자크로 운반하는 거죠……?"

"그래."

"저…… 만약 폐가 안 된다면 동행해도 될까요……?"

생각지도 못한 루이의 말에 나는 깜짝 놀랐다.

"그건 물론 문제없지만……."

"실은 우리 엘프도 슬슬 바뀌어야 한다고 생각하거든요. 하지만 오랫동안 폐쇄된 환경에서 살아서 어떻게 인간과 더 깊은 교류를 나누면 좋을지 모르겠습니다."

"그랬구나."

"목재 관련으로 교류는 있었지만, 그것도 줄곧 사업적인 관계였으니까요……. 가까워지자는 의사 표시로 시험 삼아 가격 인하를 제안해 봤는데 어째선지 거절당하고 말았습니다."

"거절당했다고? 왜지?"

"목수와 목재 가게 사이의 약속 같은 것도 있어서 갑자기 가격을 바꿔도 곤란하다는 모양입니다. 하지만 단순히 경계한 걸지도 모르죠…… 하하……."

좀처럼 쉽게 풀리지 않는구나.

"그래서 이 일은 암초에 걸린 상태였어요. 하지만 오늘 더글러스 씨와 재회하고 다시금 생각했습니다. 역시 이대로는 안 돼요."

"……그런가. 한 발자국 내디디려고 하는 거구나."

루이가 힘 있게 고개를 끄덕였다.

바뀌려면 큰 용기가 필요하다. 그리고 에너지도 쓴다.

그래도 엘프족의 미래를 생각하여 움직이자고 결심했을 것이다.

그런 루이를 위해 나는 조금이라도 도움을 주고 싶다.

"우선은 아는 인간을 늘리고 싶습니다. 그래서 한동안 인간이 사는 도시에 머물러 보려고요."

보름이 걸렸을 작업을 오늘 내가 전부 끝내 버렸기에 상당한 시간적 여유가 생겼다고 했다.

원래 엘프들도 한여름에는 작업을 쉬며 각자 여름휴가를 느긋하게 보낸다는 모양이다.

"두 달은 자유롭게 보낼 수 있습니다. 그동안 발자크에서 지내고 싶어요."

"그럼 내 지인을 소개할게. 다들 성격 좋은 녀석들이니까 분명 친해질 수 있을 거야."

"정말인가요?! 그럼, 답례라고 하긴 뭐하지만, 만약 괜찮으시다면 친구분의 여관 재건을 저도 돕고 싶습니다."

루이는 먹고 마시던 손을 멈추고 내게 깊이 고개를 숙였다.

"이봐, 루이……! 고개를 들어 줘. 도와준다면야 나도 더할 나위 없이 고맙지. 앞으로 잘 부탁해."

"네! 감사합니다……!"

루이를 향해 잔을 들자 그도 웃으며 잔을 맞부딪쳤다.

21화 아저씨, 재능의 편린을 발견하다

깊은 밤, 거실에는 떠들썩했던 잔치의 흔적이 남아 있었다.

굴러다니는 술병.

곳곳에서 들리는 코 고는 소리.

아이들은 방 안쪽에 준비된 해먹에서 자고 있었다.

홀로 깨어나 버린 나는 주위를 둘러보고서 가볍게 기지개를 켰다.

활짝 열린 창문으로 약한 밤바람이 들어와 커튼을 살랑살랑 흔들었다.

주정뱅이들이 모여 자고 있는데도 알코올 냄새가 진하지 않은 것은 밤바람 덕분이리라.

그렇게 생각하며 몸을 일으키고 보니 칸막이 너머에서 빛이 새고 있었다.

누가 일어나 있나?

다른 이들이 깨지 않게 조심스레 들여다보았다.

아이들을 데리고 먼저 자리에서 일어났던 캐트리가 있었다.

"캐트리, 잠이 안 와?"

"앗. 죄송해요. 제가 깨웠나요?!"

"아니, 그런 건 아니야. 응? 그건……."

캐트리 주위에 여러 설계도가 흩어져 있었다.

1층의 독특한 구조와 많은 방을 보고 한눈에 여관 설계도임을 알았다.

“여관 인테리어가 몇 개 떠올라서 도면으로 그려 봤어요.”

“굉장한데. 이거 전부 여관 도면이야?”

“네! 오는 길에 더글러스 씨와 라비 양이 여관 주인 일가에 관해 이것저것 얘기해 주셨잖아요. 참고가 많이 됐어요!”

그렇게 말하고 캐트리는 설계도 한 장을 건넸다.

“물론 시공주와 얘기하고 나서 정식 도면을 작성할 생각이에요. 다만 제 쪽에서도 아이디어를 준비해 두는 편이 도움이 될 것 같아서요.”

“그렇지. 문외한은 이런 거 잘 모르니까. 장인이 솔직한 의견을 들려주면 크게 도움이 될 거야.”

나는 건네받은 도면으로 시선을 떨어뜨렸다.

꼼꼼하게 그려져 있어서 보기 쉬웠다.

게다가 글자 해설도 첨부되어 있어서, 도면만 봐서는 알기 어려운 곳도 확실하게 이해할 수 있었다.

“장인이 그리는 도면은 원래 이렇게 자세해?”

“앗, 아뇨. 이건 고객에게 보여 주려고 만든 거니까요. 보충 설명이 없으면 보기 어려울 것 같아서요.”

“거기까지 배려해 준 건가.”

캐트리는 별것 아니라는 듯 말했지만, 이렇게 많은 장수에 전부 설명을 첨부하려면 상당한 수고가 들었을 터다.

“의문이 들어도 말로 묻기 어려울 때가 있잖아요. 그럴 때 도움이 되면 좋겠다 싶어서요.”

“고마운 일이야.”

나는 진지하게 감사를 표하고서 도면을 살펴보았다.

“응? 부엌 개수대가 조금 높네.”

“맞아요. 표준 높이는 여성에게 맞춰져 있거든요. 그래서 남성분에게는 낮을 때가 많아요. 에이허브 씨의 키에 따라 그 부분은 또 조정할 생각이에요.”

그렇구나. 확실히 캐트리의 말이 옳다.

에이허브는 주방에 오래 서 있으면 허리가 아프다며 자주 한탄했었다.

이 도면을 보면 꼭 채용하고 싶다고 생각하지 않을까?

“아내분의 취미가 가드닝이라고 해서 현관 주변에 작은 화단을 만드는 쪽도 그려 봤어요.”

“오! 정말이네. 창문이 이전과 다른 위치에 설치된 것도 의미가 있나?”

“네. 아침은 식당에서 먹죠? 동쪽에 큰 창이 있으면 아침 해가 들어와 기분 좋을 것 같아서요.”

“굉장한데, 캐트리. 이용하는 사람을 깊이 생각하고 있어.”

“아하하, 감사합니다. 하지만 칭찬하셔도 아무것도 안 나와요~.”

“아니. 듣기 좋으라고 하는 빈말이 아니야.”

나는 캐트리를 보고 말했다.

"집을 지으면 평생을 함께해. 이것저것 묻고 따지고 싶어도 장인의 시간을 뺏어서 상담하는 건 영 껄끄럽지. 목수 쪽에서 시공주의 마음을 헤아리고 함께 건물을 만들어 주려고 한다면 이보다 더 든든할 수 없어. 너를 통해 집을 짓는 사람은 행복할 거야."

"예……?"

그 순간, 캐트리의 눈에 눈물이 글썽거린 것 같았다.

기분 탓일까?

캐트리가 바로 고개를 숙여 버려서 잘 모르겠다.

"캐트리? 왜 그래?"

뭔가 말실수라도 한 건가 싶어서 허둥거리고 있으니…….

"아뇨……. 기, 기뻐서요."

캐트리는 코를 훌쩍인 후 얼굴을 들고 생긋 웃었다.

"그렇게 말해 준 사람은 더글러스 씨가 처음이에요……!"

다행이다.

칭찬받은 게 기뻐서 감동한 모양이다.

캐트리는 지금까지 일을 받지 못했다고 했으니 말이지.

정말로 안타까운 이야기다.

사는 사람의 관점에서 집을 지을 수 있는 캐트리 같은 목수가 일감을 얻지 못하다니…….

"여태껏 캐트리의 재능이 묻혀 있었던 건 아까운 일이야."

"후후! 감사합니다. 더글러스 씨의 말이 욕되지 않도록 힘낼게요!"

"그래. 하지만 이미 밤도 늦었어. 제대로 쉬어 줘."

"네! 마무리만 짓고 쉬겠습니다!"

기운 넘치는 캐트리에게 웃음으로 대답했다.

좋은 목수와 만나서 다행이다.

에이허브 가족에게도 빨리 캐트리가 그린 도면을 보여 주고 싶다.

그들도 분명 기뻐할 것이다.

그렇게 생각을 곱씹으며 나는 해먹에서 자는 라비를 보러 갔다.

22화 아저씨와 소녀, 목재 가게를 견학하다

이튿날도 쾌청했다.

우리는 같이 일찍 일어나 준 엘프들의 배웅을 받으며 플로리아를 떠났다.

질 좋은 술 덕분에 숙취에 시달리지도 않고 상쾌한 기분이었다.

루이는 잔치 자리에서 이야기했던 대로 우리의 여행에 동행하게 되었다.

그리고 또 한 명.

아빠의 여행을 알게 된 니키가 꼭 따라가고 싶다고 해서 어떻게든 허락을 받았다.

라비는 루이와 니키가 여행 동료가 되어 기쁜 듯했다.

라비가 기쁘다면 나도 기쁘다.

포장마차에 원목을 싣고 플로리아를 출발한 지 12일.

돌아오는 길도 갈 때처럼 순조로웠다.

도중에 비가 내려서 이틀 정도 발이 묶였으나 거의 당초 예정대로 발자크에 돌아오게 됐다.

"이곳이 발자크인가! 우와~ 인간이 잔뜩 있어!!"

"니키, 쫄래쫄래 돌아다니지 마. 그나저나 커다란 도시야……."

루이 부자는 신기하다는 듯 주변을 둘러보고 있었다.

듣자 하니 발자크에 목재를 팔러 가는 사람은 정해져 있어서 니키뿐만 아니라 루이조차 이 도시에는 처음 왔다고 했다.

몇 달에 한 번, 인간이 사는 마을에서 물건을 구매할 때도 근처의 작은 마을에서 볼일을 끝낸다는 모양이다.

그런 마을과 비교하면 확실히 발자크는 대도시다.

눈에 보이는 모든 것이 놀랍겠지.

여관 건축을 도와준다고 한 루이와 니키는 우리와 똑같이 『동그란 사각』에 묵게 되었다.

『동그란 사각』은 에이허브의 지인이 운영하는 여관이었다. 자그마한 2층 건물로 아늑했다.

나와 라비는 이 여관이 마음에 들었다.

특히 이 여관의 조식은 레퍼토리가 다양해서 아침마다 기대가 되었다.

발자크에 도착한 다음 날, 캐트리를 데리고 바로 병원으로 갔다.

우리가 재료를 구하러 떠난 사이에 에이허브의 재활 치료는 상당히 진행된 모양이었다.

에이허브는 한참 전에 퇴원했다는 병동 간호사의 말에 놀랐지만 기뻤다.

그 후, 에이허브 일가의 임시 거처로 만나러 가니 놀랍게도 이제

지팡이도 거의 쓰지 않았다.

"라비! 오랜만이야!"

"다이애나……!"

손을 맞잡고 재회를 기뻐하는 소녀들 옆에서 나는 에이허브에게 몸 상태는 어떠냐고 물었다.

"못 본 사이에 꽤 건강해진 것 같네."

"크게 안 다쳤다고 말했잖아. 다만 저쪽은…… 만나고 왔어?"

에이허브가 누구를 말하는지 알아차리고 나는 고개를 끄덕였다.

"그래, 병실에 잠시 얼굴을 내밀고 왔어."

앨런을 말하는 것이다.

그는 여전히 깨어나지 않은 채 잠들어 있었다.

치료 덕분에 체력은 회복되었고 잘못된 곳은 보이지 않는다고 하는데도.

의사가 말하길 「깨어나기 싫다, 현실로 돌아가고 싶지 않다」고 강하게 생각하면 가끔 이런 일도 있다고 했다.

앨런의 마음이 현실을 거부하는 건가.

그렇게 생각하니 참을 수 없는 기분이 들었다.

동정심과도 죄책감과도 달랐다.

그렇게 올곧았던 청년이 그토록 큰 어둠을 품었다는 사실이 무겁게 나를 짓눌렀다.

운명의 변덕스러운 측면을 본 것 같아서 자연스럽게 한숨이 나왔다.

도저히 남의 일이라는 생각이 안 들었다.

나는 지금 말도 안 될 만큼 행복하다.

하지만 1년 전에는 이런 기쁨을 품게 되리라고 상상도 못 했었다.

갑자기 솟아난 행복은 언젠가 또 갑자기 사라져 버리지 않을까.

역시나 운명의 여신의 변덕스러운 장난으로.

오싹 소름이 돋아서 숨을 꿀꺽 삼켰다.

나도 참 바보구나.

일어나지도 않은 일을 상상하고 불안해하다니…….

"더글러스? 왜 그래?"

"아니…… 아무것도 아니야."

"그래? ―근데 그쪽 아가씨는?"

"아, 미안. 소개가 늦었네. 이 친구가 장인 길드에서 만난 목수야."

에이허브의 상처도 낫지 않은 상태였기에 캐트리 소개는 오늘까지 미뤄졌었다.

"뭐?! 목수라니…… 여자아이잖아?"

놀란 에이허브를 보고 캐트리가 조금 주춤했다.

"에이허브. 이 아이는―."

내가 감싸려는 것을 알았는지 괜찮다는 듯 고개를 젓고서 캐트리가 한 발 앞으로 나왔다.

"저기……! 저는 목수 캐트리라고 합니다."

용기를 쥐어짜듯 손을 꽉 움켜쥐고서 자기소개를 한 후, 캐트리는 그려 뒀던 도면을 꺼내 에이허브에게 내밀었다.

"더글러스 씨에게 여러 가지 이야기를 듣고 제 나름대로 생각해 봤습니다. 에이허브 씨와 가족분들의 의견을 최우선으로 하겠지만, 그러기 위해서도 이런 게 있는 편이 좋을 것 같아서요."

"이, 이건……!"

에이허브는 눈을 동그랗게 뜨고서 도면을 집어삼킬 듯 바라보았다.

"……굉장히 꼼꼼한 도면이야. 맨 처음 여관을 지었을 때와는 전혀 달라……."

"그래? 에이허브."

"어. 그때 목수는『짓는 사람이 알아보면 된다』면서 도면도 제대로 보여 주지 않았어."

"우리 같은 문외한도 이해할 수 있게 여러 가지로 용어를 해설해 줬어. 알기 쉽지?"

"아아, 정말이야! ……응? 이 부엌. 개수대가 높네?"

나와 똑같은 포인트를 알아차리고 에이허브가 기뻐했다.

"이 도면도 좋고 이쪽도 좋아. 아아, 고민된다!"

에이허브의 말을 듣고 캐트리는 믿을 수 없다는 듯 눈을 깜빡거렸다.

"……! 마, 마음에 드셨나요……?"

"물론이지! 어느 걸로 할지는 정하기 어렵지만, 꼭 네게 부탁하고 싶어. 기다려 줘. 아내와 딸과도 상담해서 어느 후보가 좋은지 정할 테니까! 아아, 꿈이 부푼다!"

기뻐하는 에이허브의 모습에 캐트리는 동요한 것 같았다.

어쩌면 좋을지 모르겠다는 눈으로 나를 돌아보았다.

나는 아무 말 없이 천천히 고개를 끄덕였다.

"……!"

캐트리가 퍼뜩 놀라며 눈을 크게 떴다.

자신감을 가지라는 마음이 전해졌을 것이다.

다시 에어허브 쪽으로 고개를 돌린 캐트리는 자신의 가슴에 손을 얹고 턱을 치켜들었다.

"멋진 여관을 지을 수 있도록 힘내겠습니다!"

캐트리가 발랄하게 선언하자 에이허브는 「기대할게」라고 힘 있게 대답했다.

"아! 그런데 비용은 괜찮아?"

"그건 맡겨 주세요."

조금 자신감이 생긴 듯한 캐트리가 가슴을 툭 두드렸다.

"목재는 파격적인 가격으로 입수했고, 건축 자체는 더글러스 씨와 뜻있는 분들이 도와주신다고 했어요."

"뭐……?"

"그러니까 충분히 예산 내로 지을 수 있어요!"

캐트리의 말에 에이허브는 진심으로 안도했는지 크게 한숨을 내쉬었다.

"고맙다. 다들 정말로 고마워."

에이허브가 기뻐하는 얼굴을 보며 캐트리와 나는 앞으로도 힘내자고 새롭게 결의를 다졌다.

◇◇◇

그 후로 몇 번 논의한 끝에 외장과 내장이 결정됐다.

필요한 재료가 구체적으로 나왔으니 다음은 원목 가공에 들어갈 거라고 캐트리가 가르쳐 줬다.

이건 비전문가가 어떻게 할 수 있는 일이 아니기에 목재 가게에 의뢰해서 용도별로 가공한다.

“아빠, 가공은 뭘 하는 거야?”

“통나무를 깔끔하게 깎아서 매끈매끈하게 만드는 거야.”

“매끈매끈해져……?!”

라비가 눈을 반짝였다.

아무래도 관심이 있는 것 같아서 캐트리와 함께 가공 작업을 견학하기로 했다.

먼저 원목의 껍질을 벗기고 각재로 만드는 것 같았다.

대패질하고, 옹이구멍을 메꾸고.

통나무가 다양한 공정을 거쳐 점점 형태를 바꾸었다.

최종적으로 매끈매끈해진 나무를 만져 본 라비는 재미있어하며 까르르 소리를 냈다.

“와아, 매끈매끈해!”

눈을 반짝이는 라비를 보고 목재 가게의 장인들이 웃었다.

다들 우락부락한 아저씨들인데 흐뭇하게 아빠 미소를 짓고 있었다.

나도 대충 저런 느낌이겠지…….

"아빠, 굉장해. 순식간에 나무가 네모나졌어!"

"그래. 그야말로 장인의 기술이야."

"라비 양, 장인들을 응원할까요?"

"응…… 히, 힘내세요……!"

캐트리의 말에 수줍어하면서도 주먹을 꼭 움켜쥔 라비는 천사처럼 귀여웠다.

"더글러스 씨, 당신 딸 귀엽네."

그렇지? 그렇지?

"이렇게 귀여운 응원을 받았으니 힘을 내 볼까!"

"라비, 아저씨한테도 힘내라고 말해 줄래?"

음?!

잠깐 기다려!

"이, 이봐! 라비는 내 딸이야! 그런 의뢰는 나를 통해서 해!!"

"아빠……."

내가 허둥거리자 장인들이 껄껄 웃었다.

라비는 당황해서 눈을 끔뻑거렸다.

"영웅 더글러스도 딸한테는 약하군!"

과보호라고 해도 상관없다며 내가 뻔뻔하게 굴자 장인들이 밝게 웃었다.

결국 라비가 응원한 보람이 있어서 목재 가공은 빠르게 끝났다.

23화 아저씨와 소녀, 지진제에 참가하다

재료도 모였고 도면도 완성했다.

그에 맞춰 철거 작업도 무사히 끝나서 『돼지의 밤울음』이 있던 곳은 완전한 빈터로 돌아왔다.

이제 시공에 착수할 수 있는 건가 싶었는데, 그 전에 중요한 이벤트가 있다고 했다.

"지진제(地鎭祭)?"

생소한 말이었다.

설명을 바라며 캐트리에게 묻자 그녀는 기다란 귀를 쫑긋거리며 즐겁게 이야기했다.

"토지의 정령에게 공물을 바쳐서 공사의 안전과 건물 수호를 기원하는 의식이에요."

"호오. 확실히 그건 중요한 행사네."

"지진제 다음에 있는 『상량식』과 함께 먼 옛날 동쪽에서 전래된 문화라고 해요!"

토목 공사나 건축을 할 때는 반드시 지진제를 올린다는 모양이다.

나도 여러 세계를 보았지만 집을 짓는 것과는 연이 없었기에 모든 것이 신선했다.

지진제 순서도 캐트리가 숙지하고 있어서 그녀의 지시하에 다 같이 준비에 착수했다.

나와 라비, 루이와 니키는 캐트리가 말한 공물 조달 담당이 되었다.

신전에 가서 지진제를 의뢰하고 일정을 조정하는 것은 시공주인 에이허브가 한다.

예전에 여관을 지은 적이 있으니 문제없을 것이다.

캐트리는 우리를 아우르며 빠진 것이 없는지 체크하는 담당이 되어 준비는 순조롭게 진행되었다.

그리고 마침내 지진제 당일이 됐다.

"마침내 이날이 왔구나."

빈터가 된 토지 앞에서 에이허브가 감개무량하게 말했다.

"캐트리, 네 덕분이야. 고맙다."

"아뇨, 천만에요!"

겸손하게 응수한 캐트리가 허둥지둥 양손을 내저었다.

어째선지 오늘은 우리 곁을 떠나 구석에 있었다.

"캐트리, 왜 그런 곳에 있어? 오늘은 시공주인 에이허브 일가와 도편수인 네가 주역이잖아?"

"아…… 그게 말이죠……."

캐트리가 뭔가를 말하려고 했을 때, 마차가 도착했다.

"아빠, 저 할아버지는 누구야……?"

"신전에서 온 신의 사자야."

라비가 할아버지라고 말한 대로 사제는 노령의 남성이었다.

머리도 수염도 새하얬고, 하얀 옷을 입고서 홀을 들고 있었다. 좌우에 젊은 남자 두 명을 데리고 있었다.

사제는 마차에서 내려 헛기침을 한 번 하고 조용한 발걸음으로 『돼지의 밤울음』 자리 앞에 섰다.

"먼저 이 땅에 결계를 치겠습니다."

사제가 외운 것은 결계 스킬 주문이었다.

토지 일대를 덮듯 결계가 쳐졌다.

액막이 결계인가…….

영창을 듣고 바로 알았다.

이건 악령을 차단하는 결계였다.

물론 인간이나 악의 없는 생물은 드나들 수 있었다.

장엄한 분위기 속에서 다 같이 조용히 지켜보았다.

결계 구축이 끝난 뒤에는 조수들이 토지의 네 귀퉁이에 소금을 뿌렸다.

그 후 토지 한가운데에 제단이 준비되었다.

과일, 생선, 술, 벼 등을 제단에 올리며 준비가 착착 진행되었다.

"아빠……."

호기심 강한 라비가 옆에 있는 내게 작은 목소리로 물었다.

"왜 밥을 차리는 거야?"

"저렇게 해서 정령에게 바치는 거야. 정령의 힘을 빌리는 답례로

먹을 것을 주는 거지."

"정령도 밥을 먹는구나. 뭘 좋아할까……."

아이다운 감상이 귀여웠다.

준비가 끝나자 의식이 시작됐다.

"시공주와 시공에 관여하는 분들은 결계 안으로 들어오십시오."

조수의 지시로 에이허브가 먼저 결계에 들어갔다.

아내와 딸 다이애나는 움직이지 않고 기다렸다.

"부인. 같이 안 가?"

"네. 처음 여관을 지을 때 들었는데……."

"결계 안에는 남성만 들어올 수 있습니다."

조수가 덧붙이듯 말했다.

그 말을 듣고 나는 얼굴을 찌푸렸다.

또인가…….

장인 길드에서 있었던 일과 똑같았다.

캐트리 쪽을 보니 그녀는 처음부터 알고 있었던 듯했다.

한쪽 구석에서 그저 지켜보며 결계에 들어가려고 하지 않았다.

"더글러스 씨는 에이허브 씨와 함께 의식에 참가해 주세요. 라비 양은 나랑 같이 여기서 기다려요."

생긋 미소 지은 캐트리가 라비에게 손을 내밀었다.

라비는 당황한 얼굴로 캐트리와 나를 번갈아 보며 물었다.

"아빠. 나는 여기서 기다릴게. ……하지만 다이애나랑 아주머니는 같이 들어가면 안 될까……?"

"라비……."

"다이애나, 집이 완성되는 거 무척 기대했단 말이야. 하지만 이래서는……."

나는 라비의 이 질문에 포기하라고 말하고 싶지 않았다.

이상하잖아?

지금 이 자리에서 이루어지는 것은 대체 뭐지?

"사제님. 가르쳐 줘. 어째서 여성은 결계에 들어가면 안 되지?"

"죄송합니다. 규칙이 그렇습니다."

조수가 대답했다.

나는 물고 늘어졌다.

"어째서 그런 규칙이 있지?"

조수는 무지한 이를 보는 눈으로 타이르듯 말했다.

"여성은 부정하기에 신성한 의식에 참여할 수 없습니다."

"부정하다고……?"

나는 마침내 폭발했다.

"여성이 부정하다고 누가 그래? 어디가 부정한데? 남자와 뭐가 다르지? 왜 그런 묘한 말을 해?"

"그, 그건……."

잇따라 묻자 조수는 주춤했다.

깜짝 놀라는 에이허브 부부와 캐트리가 시야 끄트머리에 잡혔다.

"에이허브, 좋은 날을 망쳐서 미안해. 하지만 이건 도저히 납득할 수 없어……."

“더글러스…….”

에이허브는 놀란 표정을 지었지만 이내 고개를 끄덕였다.

“아니, 괜찮아. 나도 실은 처음부터 복잡한 기분이었어. 하지만 원래 그런 거라고 해서 그렇구나 생각하고 말았어.”

“그래. 나도 장인 길드에서 그런 일을 겪지 않았다면 똑같이 생각했을지도 몰라.”

나는 고개를 숙였다.

여태껏 여성만 이렇게 소외당하는 일이 있다는 것을 알지 못했었다.

그런 자신이 한심하다고 반성했다.

“조수 씨, 이건 시공주가 받는 의식이잖아. 그럼 여성이 혼자 집을 지을 때는 어떻게 하지?”

“여성이 혼자서 집을 짓는 일은 있을 수 없습니다.”

“앞으로 절대 없을 거라고 단언할 수 있나? 어째서?”

“그, 그건…….”

여자는 혼자서 집을 지을 수 없다.

그렇게 단정 짓는 것도 이상하잖아.

“내 아이는 여자아이야. 내게 무엇보다 소중한 존재야. 나는 이 아이를 지금 같은 부조리한 차별로부터 지켜야 해.”

나는 라비를 보았다.

“이 아이가 장래 집을 짓고 싶어졌을 때, 분명 열심히 돈을 모으고 노력하겠지. 하지만 돈을 마련해도 이런 의식을 이 아이 혼자서는 받을 수 없는 건가? 여자가 집을 지을 때는 정령의 가호를 얻을 수 없다는 건가?"

"그, 그렇지는……."

"모순됐잖아."

나는 조수에게 말했다.

"여성은 부정하다는 그런 최악의 발언을 당연하다는 듯이 주장하면서 아무런 느낌도 받지 못한 사실을 다시 한 번 돌아보도록 해. 그래도 자신이 옳다고 우길 수 있나? 자신의 아내, 여자 친구, 모친, 딸, 누구든 좋아. 소중한 존재가 여자라는 이유로 부조리한 차별을 받아도 아무렇지도 않게 여길 건가?"

조수는 반론할 수 없는 듯했다.

그러자 에이허브가 목발을 짚어 내 옆으로 왔다.

"나도 이 친구와 똑같은 마음이야. 이곳에 짓는 여관에서 함께 생활할 소중한 가족과 그 여관을 지어 줄 목수를 참가시키지 않고 의식을 행하는 건 잘못됐어. 이렇게 말했는데도 결계에 들이지 못하겠다면 차라리 지진제 같은 건 안 해도 돼."

"에이허브……."

에이허브는 딱 잘라 말하고서 내 등을 툭 쳤다.

"더글러스 씨, 고맙습니다."

그렇게 말한 사람은 에이허브의 아내였다.

"우리는 줄곧 포기하고 있었어요. 무슨 말을 해도 바뀌지 않을 거라고. 하지만……."

"그런 말을 꺼낸 남성은 당신이 처음입니다……."

나이 든 사제가 처음으로 입을 열었다.

"좋습니다. 여성도 함께 받기로 하지요."

"그, 그래도 되나요?!"

"정령은 그렇게 마음이 좁지 않습니다. 축복은 모두에게 주어지는 것입니다."

사제는 그렇게 말하고 고개를 끄덕였다.

들어오라는 신호에 우리는 이번에야말로 다 같이 결계에 들어가게 되었다.

"지진제에 참가하다니, 처음이에요."

캐트리는 기뻐하며 나를 올려다보았다.

"감사합니다, 더글러스 씨. 정령의 힘을 빌려서 더더욱 힘내겠어요!"

"그래!"

예정보다 조금 늦어지고 말았지만, 모두의 마음이 하나가 되어 지진제가 시작되었다.

신의 사자가 올리는 기도가 맑은 여름 하늘에 낭랑히 울렸다.

우리는 남자 여자 할 것 없이 공사의 안전과 『돼지의 밤울음』 번창을 기원하며 기도를 올렸다.

© 2019 Fuzichoco

24화 아저씨와 소녀, 상량식을 즐기다

지진제를 올리고 며칠이 지났다.

날씨도 좋았기에 시공 작업은 순조롭게 진행되어 기틀이 완성됐다.

그리고 마침내 오늘은 상량식이다.

먼저 도편수인 캐트리가 작성한 조립 지시서대로 뼈대를 세웠다.

이 작업은 비계공의 도움을 받았다.

나와 루이 부자도 단순한 육체노동은 최대한 도우며 모두가 작업에 임했다.

그렇게 오전 중으로 어떻게든 지붕까지 모두 만들었다.

기둥과 들보로 뼈대가 완성되자 훨씬 건물다워졌다.

작업이 순조로워서 기뻤다.

"오후부터는 상량식 중에서도 메인이벤트가 기다리고 있어요!"

"있지, 캐트리 언니. 상냥식이 뭐야~?"

아직 어린 라비가 상량식이라는 말을 처음 듣는 것은 당연했다.

"그러고 보니 나도 상량이라는 말이 구체적으로 무엇을 가리키는지 확실히는 몰라."

"후후! 그럼 설명할게요! 간단히 말해서, 지진제가 기원 의식이라면 상량식은 무사히 마룻대를 올린 것을 축하하는 자리예요."

캐트리는 그렇게 이번에도 알기 쉽게 설명해 줬다.
"신의 사자는 부르지 않고 도편수가 식을 지휘해요."
"오. 그럼 오늘의 주역은 캐트리군."
"아뇨, 그게…… 상량식 날 여성은 지붕 위에 올라가면 안 돼서……."
캐트리가 무안해하며 눈썹을 내렸다.
여성이라는 사실을 캐트리가 부끄럽게 여길 필요는 전혀 없었다.
에이허브를 보니 그도 확실하게 고개를 끄덕여 주었다.
"캐트리. 나도 부탁할게. 남자든 여자든 상관없어. 상량식 지휘는 네가 해 줘."
"에이허브 씨……."
그래도 되겠냐는 표정으로 캐트리가 나를 돌아보았다.
"이 현장의 도편수는 캐트리, 너잖아?"
"더글러스 씨……."
캐트리는 눈물을 글썽거린 후 「네!」 하고 씩씩하게 고개를 끄덕였다.
역시 지붕 위는 위험하기에 라비와 다이애나는 밑에서 기다리게 되었다.
그리고 아이들에게는 잠시 후 즐거운 일이 준비되어 있었다.
하지만 그건 나중이다.
마룻대를 올려서 고정하는 작업도 상량식의 의례 중 하나였다.
참고로 마룻대란 지붕의 가장 높은 곳에 쓰이는 나무를 말했다.
마룻대를 무사히 올린 뒤에는 지붕 위에 준비된 제단에 도편수가 공물을 바친다.

그리고 시공주부터 순서대로 정령에게 기도를 올렸다.

그러고 나서 다 같이 건배.

"다음은 드디어 상량식 중에서도 가장 신나는 이벤트입니다!"

마침내 아이들도 참가할 수 있다.

지금부터 장인들이 오늘을 축하하기 위해 지붕 위에서 동전과 과자를 뿌린다.

인근 주민들도 상량식을 한다는 이야기를 듣고 여기저기서 모여들었다.

성대한 축하가 될 것 같다.

"에이허브의 여관이 돌아온다지?"

"다 같이 축하해야겠네!"

그렇게 익숙한 얼굴들이 나누는 대화가 들려왔다.

다들 설레는 표정을 짓고 있었다.

지역 사람들이 에이허브의 여관을 얼마나 사랑했는지 다시금 실감했다.

"그럼 여러분, 이걸 들어 주세요!"

지붕 위로 올라온 우리에게 캐트리가 과자가 든 상자를 건넸다.

"과자와 떡을 밑에 있는 사람들을 향해 던져 주세요!"

"뿌리듯이 던지면 되는 건가?"

"네! 행복을 나누는 느낌으로 부탁드려요!"

우리는 고개를 끄덕이고 각자 지붕 위에 섰다.

그러자—.

“음? 라비!”

상자를 든 채 아래를 보니 모여든 사람들 뒤쪽에 라비가 있었다.

나와 눈이 마주치자 방긋 웃으며 손을 흔들었다.

좋아. 기다려, 라비!

내가 이 손으로 행복을 내리고 싶은 상대는 당연히 저 아이 한 명뿐이다.

“그럼 시작합니다~!”

캐트리의 외침이 개시 신호가 되었다.

나는 라비 쪽으로 열심히 과자를 던졌다.

물론 맞지 않도록 세심한 주의를 기울여 조절했다.

좋았어. 지금이야, 라비! 발밑, 발밑이야!

과자는 노린 대로 라비 근처에 떨어졌다.

하지만 라비는 허둥거리느라 좀처럼 줍지 못했다.

그래도 때때로 손에 넣고 활짝 웃었다.

그리고서 붙잡은 과자를 흔들어 내게 보여 줬다.

응응, 그래.

기쁜가 보구나.

계속 기뻐했으면 하는 마음에 그저 라비 근처로 과자를 뿌렸다.

“야, 더글러스. 너 라비한테만 주잖아!”

“하하하! 알 게 뭐야. 자~ 라비, 받아!”

“정말이지, 너는. 세상을 떠들썩하게 하는 영웅이면서 딸과 관련된 일에는 단순한 딸바보 아저씨라니까.”

"영웅이라고 불리는 것보다 딸바보라고 불리는 게 훨씬 나아."

나와 에이허브는 너스레를 떨며 과자를 계속 나눠 줬다.

◇◇◇

이윽고 모든 과자와 동전을 다 나눠 주면서 상량식도 끝났다.

"이야~ 멋진 상량식이었어."

"분명 훌륭한 여관이 세워지겠지. 기대할게."

그렇게 말하며 인근 주민들이 에이허브와 악수하고 돌아갔다.

모였던 사람들도 재미있게 즐긴 것 같아서 다행이다.

라비는 주운 과자를 치마에 담아서 내게 보여 줬다.

"아빠, 이렇게 많이 얻었어."

"좋겠네, 라비. 하지만 한꺼번에 먹으면 충치 생기니까 조금씩 먹어야 한다?"

"네~!"

다들 만족스러운 얼굴이었다.

지역 사람들에게 행복을 나눠 주고, 장인과 시공주 사이에 신뢰 관계를 가져온다.

상량식이라는 이벤트가 열리는 이유를 진정한 의미에서 알 것 같았다.

그렇게 멍하니 생각하고 있으니 습한 바람이 코끝을 스쳤다.

바람을 따라 얼굴을 들자 서쪽 하늘에 적란운이 생기고 있었다.

"곧 비가 오겠어."

"예? 그게 정말인가요?!"

"캐트리, 더글러스의 일기 예보는 빗나간 적이 없어. 상량이 내일이 아니라서 다행이야."

다 같이 다행이라며 기뻐했다.

설마 이튿날 터무니없는 사건이 일어날 것이라고는.

이때는 어느 누구도 예상하지 못했다.

25화 아저씨와 소녀, 상처 받은 동료를 보듬고 격려하다

상량식을 마무리하면서 예상했던 대로 비가 내리기 시작했다.

"정말 간발의 차였네……."

창문에 떨어지는 낙숫물을 신경 쓰면서 중얼거리자 옆으로 온 캐트리가 나처럼 창밖을 바라보며 말했다.

"운이 좋았어요! 상량식 날 단숨에 지붕까지 만드는 건 비에 대처하기 위해서거든요."

"그래?"

"네. 뼈대를 만들고 나서 비가 내리면 말짱 꽝이니까요."

하긴, 벽돌로 만든 기초 부분과 달리 뼈대에 쓰이는 것은 목재다.

비를 맞으면 끝장이라고 할 수 있다.

"지붕이 있으면 실내 공사는 문제없이 진행할 수 있고요. 그러니 내일도 열심히 일하겠어요!"

"하하. 든든한데."

◇◇◇

하지만 이튿날, 나갈 준비를 마치고 현장에 가니 묘하게 사람들이 모여 있었다.

아무래도 인근 주민들이 모여 있는 것 같았다.

대체 무슨 일이지……?

불길한 예감을 느끼며 라비와 함께 달려갔다.

그 직후—.

"이, 이건……?!"

인파를 헤치고 전진한 우리의 눈에 믿기 힘든 광경이 날아들었다.

믿을 수 없게도, 어제 막 만든 지붕에 커다란 구멍이 뚫려 있었다.

그리로 비가 들이친 모양이었다.

건물 안은 흠뻑 젖어서 처참한 몰골이었다.

"이럴 수가……."

그 이상은 말이 이어지지 않았다.

"이렇게까지 침수되었으니 일단 해체하고 다시 지어야 하지 않을까요……."

"다시 짓는다니, 아빠 진심으로 하는 말이야?!"

루이의 말에 니키가 놀라서 외쳤다.

나도 에이허브도 루이의 예상이 옳다는 것을 알았다.

"예비 목재는 있지만, 역시 다시 지을 만큼 많지는 않아……."

에이허브의 말에 고개를 끄덕여 대답했다.

일이 곤란해졌다.

우리에게는 이제 새로운 목재를 또 살 만한 돈이 없었다.

내가 굳이 말하지 않아도, 이 자리에 있는 사람들은 사태의 심각성을 뼈저리게 알고 있었다.

다들 안색이 좋지 않았다.

"대체 어쩌면 좋지……."

창백해진 에이허브의 말과 함께 다들 의견을 구하듯 캐트리를 돌아보았다.

"죄, 죄송해요……. 제 탓이에요……."

귀를 축 늘어뜨리고서 고개 숙이고 있던 캐트리가 떨리는 목소리로 말했다.

"캐트리?"

"정말로 죄송합니다……!"

소리 지르듯 그렇게 말한 직후, 캐트리가 휙 달려갔다.

떨어지는 눈물방울을 본 것 같아서 흠칫했다.

"캐트리! 이봐, 기다려!"

"언니……!"

나와 라비는 황급히 캐트리를 뒤쫓았다.

아아, 젠장. 빨라……!

수인의 다릿심은 어마어마했다.

작정하고 달려가면 도저히 쫓을 수 없다.

"라비, 꽉 잡아!"

"응……!"

나는 라비를 안아 들고 다릿심을 증가시키기 위한 스킬을 외웠다.

《넘치는 힘 솟아나라— 가속 액셀러레이션!!!》

확! 가속한 나는 캐트리와의 거리를 점점 좁혔다.

라비에게 부담이 가지 않도록 주의하면서도 몇 초 만에 캐트리를 따라잡았다.

"어? 더글러스 씨……?! 말도 안 돼?! 인간이 제 속도를 따라잡다니……!"

놀란 나머지 캐트리가 멈춰 섰다.

그 뺨은 눈물에 젖어 있었다.

"캐트리, 도망치지 마. 얘기를 하자."

"으……."

참을 수 없다는 듯 얼굴을 와락 일그러뜨린 캐트리가 털썩 주저앉았다.

그리고 그대로 엉엉 울기 시작했다.

"제 탓, 제 탓이에요……! 제가 여자라서……!"

"무슨 소리를……."

"전통을 어겨서 벌이 내린 거예요……! 흑……. 여자인데, 모두의 상냥함에 기대서, 그래서 재앙을 불러 버린 거예요……!"

"말도 안 되는 소리 하지 마. 그럴 리가 없잖아!"

캐트리의 말을 단호하게 부정했다.

"지붕에 난 구멍은 누군가가 고의로 뚫은 거야. 물론 천벌 같은 게 아니야. 주위에 톱밥이 흩어져 있었으니 분명 톱 같은 걸 썼겠지."

"예……?"

캐트리는 조금 놀란 표정을 지었다가 곧장 얼굴을 숙이고 고개를 가로저었다.

"더더욱 제 탓이에요. 저를 괴롭히기 위해 그랬을 테니까요."

"캐트리……."

"제가 여자인 게 잘못이에요……."

나는 어떻게든 캐트리를 위로하려고 했다.

하지만 어떤 말을 늘어놓아도 허무하게 울릴 뿐이었다.

"네 덕분에 에이허브도 기뻐 보였어."

"하지만 부서져 버렸어요……."

"그, 그리고, 그 꼼꼼한 도면을 그릴 수 있는 사람은 너뿐일 거야."

"여관이 완성되지 않으면 의미가 없어요……."

담담히 말하는 캐트리의 마음은 깊이 상처 받았다.

어쩌면 좋지…….

내가 고민하며 입을 다물었을 때, 라비가 불쑥 앞으로 나왔다.

"라비……?"

"언니, 괜찮아."

마치 타이르듯 말하며 라비가 캐트리의 손을 살며시 잡았다.

"있지, 나도 똑같았어. 그러니까 무슨 기분인지 알아……. 누군가가 내게 했던 슬픈 말과 무서웠던 일이 마음속에서 까만 응어리가 되어 부풀어 오르는 거지……?"

라비는 열심히 말을 찾으며 더듬더듬 캐트리에게 이야기했다.

"괜찮다고, 내가 있다고 아빠가 말해 줘서 기뻤지만. 무서운 일이 일어나면 까만 응어리가 또 확 덮쳐서 이제 전부 틀렸다는 기분이 듣고."

"라비 양도……?"

캐트리는 얼굴을 들고 중얼거렸다.

"지금의 나 같아."

"응, 똑같아. 하지만 내가 무서워졌을 때, 아빠는 몇 번이나 괜찮다고 말해 줬어. 내 마음속 두려움을 몇 번이고 해치워 줬어. 언니도 똑같아. 무서워지면 우리 아빠가 해치워 줄 거야. 그치? 아빠."

"……그래."

고민하던 내 등을 라비의 말이 밀어 줬다.

조금 전까지 헛돌던 마음이 올바른 곳에 정착한 기분이었다.

캐트리를 어떻게 위로하면 좋을지, 더는 생각하지 않아도 알 수 있었다.

"너는 정말로 불합리한 일을 당했어. 모두 털고 일어나서 여자라는 걸 신경 쓰지 않고 일해 나가기까지는 상당한 시간이 걸리겠지."

"더글러스 씨……."

"악의의 위력은 무시무시해. 나도 알아. 단 한마디로 상대가 소중히 지키던 것을 박살 내 버리기도 해."

나도 살면서 그런 경험을 한 적이 있다.

몹시 상처 받아 쉽게 일어날 수 없었고, 지금 떠올려도 여전히 가슴이 아프다.

"앞으로도 이 세상에서 살아가는 한, 싫은 일을 겪기도 할 거야. 하지만 지면 안 돼."

"나는……."

캐트리는 입술을 악문 후, 쥐어짜는 듯한 목소리로 말했다.

"나는 지고 싶지 않아."

작은 손이 열심히 눈물을 닦았다.

"왜냐하면, 이 일을 좋아하니까."

눈물이 차오른 눈에 지금은 강한 의지가 깃들어 있었다.

차별에 굴하고 싶지 않다는 캐트리의 마음이 전해졌다.

그렇지.

분하겠지.

캐트리의 마음은 아프도록 이해가 갔다.

악의란 무엇일까.

어째서 사람은 남을 상처 입히고 싶어 하는 걸까.

어째서 악의는 선의보다 압도적으로 강렬한 존재일까.

답은 알 수 없다.

하지만 한 가지는 확실하다.

아무리 상처 입어도 우리는 다시 일어날 수 있다.

작고 미덥지 못한 빛이어도, 상냥함을 주는 누군가의 존재가 있다면…….

가슴을 에는 강한 악의의 소용돌이에서 구해 주는 것이 그 녀석들에게 수없이 짓밟혀서 질 것 같아도, 그래도 결코 사라지지 않는 상냥한 작은 등불은 아주 신기하고 기적적이다.

26화 아저씨, 장인들을 이어 주는 다리가 되다

에이허브에게 돌아간 우리는 다 같이 향후 방침을 이야기했다.

"우선 범인을 찾아야 해."

내 발언을 듣고 에이허브가 의외라는 표정을 지었다.

"더글러스가 그렇게 말하다니 별일이네."

확실히 나 혼자만의 문제였다면 못된 짓을 한 상대를 밝혀내지 않았을 것이다.

지금까지 그렇게 살아왔다.

상대해 봤자 별수 없다고 생각하니까.

하지만 그래도 괜찮을 때와 괜찮지 않을 때가 있음을 배웠다.

이번에는 후자다.

흐지부지해도 되는 사태가 아니었다.

"다만 목적은 범인을 잡는 게 아니야. 또 똑같은 짓을 당할 수는 없기 때문이야. 다시는 이런 짓을 하지 않도록 설득하기 위해서도 내버려 둘 수는 없어."

"저기……."

조금 말하기 껄끄러워하며 캐트리가 손을 들었다.

"음? 왜 그래? 캐트리. 뭔가 알아냈어?"

"추측이지만……. 같은 목수의 범행일 거예요……."

"왜 그렇게 생각해?"

"어젯밤에는 비가 꽤 많이 왔어요. 바람도 강했고요. 그런 날씨에 지붕에 오르다니, 평범한 사람에게는 어려운 일이에요."

확실히 캐트리의 말이 옳다.

"그리고 이 타이밍인 게……. 상량 전이나 맑은 날에 장난을 쳤다면 피해가 이렇게까지 커지지는 않았을 거예요."

그렇군.

언제 건드려야 대미지를 줄 수 있을지 알고서 저지른 범행이라면 건축을 자세히 아는 자일 가능성이 크다.

"그렇다면 우선 장인 길드에 가서 정보를 수집해 보자. 다른 사람들은 철거 작업을 진행해 주겠어?"

"알겠습니다. 지붕은 정리해야 하니까요."

"하지만 괜찮을까요. 길드에서 싸움이 벌어지지는 않을지……."

"말하면 이해해 줄 거라고 믿고서 갈 수밖에."

"아, 알겠습니다……. 더글러스 씨가 그렇게 말씀하신다면……!"

캐트리가 신뢰 어린 눈으로 나를 올려다보았다.

이 마음에 어떻게든 부응하고 싶다.

나는 속으로 결의를 다지고서 캐트리, 라비와 함께 장인 길드로 향했다.

◇◇◇

길드 내에서 점심시간이 시작되길 기다리고 있으니 이윽고 지난번처럼 우락부락한 남자들이 여기저기서 나타났다.

나는 얼굴을 기억하는 목수를 붙잡아 사정을 이야기하고 뭔가 아는 게 없냐고 물어보았다.

당연히 상대방은 노골적으로 언짢은 표정을 지으며 내 멱살을 잡았다.

게다가 목수들이 주위를 에워쌌다.

"아빠……?!"

"라비, 괜찮아. 걱정하지 마."

이렇게 될 것은 예상했기에 상대의 화를 감수했다.

"이봐, 더글러스 씨. 아무리 당신이 영웅이어도 용서할 수 없는 일이 있어. ……즉, 당신은 우리가 장난질했다고 말하고 싶은 건가?"

"아니야. 정보를 모으고 싶어서 그저 협력을 구하는 거야."

"수상하다고 생각하니까 수소문하러 온 거 아니야."

"아까도 말했듯이 아무런 증거도 찾지 못했어. 특정한 누군가를 의심하는 게 아니야. 다만 목수일 가능성이 크다고는 생각해."

그 이유도 당연히 설명했다.

나를 노려보는 남자는 여전히 날카로운 시선을 거두지 않았다.

하지만 멱살을 잡은 손만큼은 풀었다.

"범인을 찾아서 어쩌려고? 규탄하고 헌병에게 넘기려는 건가?"

"그런 게 아니야. 그저 다시는 괴롭히지 말라고 이야기하고 싶은 거야. 이런 일이 또 일어나지 않았으면 해. 다 같이 열심히 짓는 건물이잖아."

나는 목수들을 둘러보고 필사적으로 호소했다.

"상량식까지 마친 건물이 하룻밤 만에 망가진 캐트리의 마음이 어떨지, 똑같은 목수라면 알 거 아니야?"

"……그건……."

"여자든 남자든 관계없어. 한 명의 장인으로서 필사적으로 만든 것이 무참하게 망가졌어. 그래도 캐트리는 다시 일어나서 맞서려고 해. 그런 캐트리가 이 이상 상처 받길 원하지 않아."

"더글러스 씨……."

"그리고 여관은 내 소중한 친구의 집이야."

목수들은 입을 다물었다.

어딘가 거북한 모습으로.

하지만 적대심을 드러내던 아까와는 확연하게 태도가 달랐다.

깜짝 놀란 걸까? 그렇게 믿고 싶다.

"……우리는 아무것도 몰라. 휴식 시간도 끝났어. 이 이상 할 얘기 없어."

그들은 입을 다문 채 도망치듯 흩어져 버렸다.

……틀렸나.

이 이상은 귀찮게 굴 수 없다.

어쩔 수 없이 마음을 다잡고 목재 가게 등을 돌았지만 그쪽에서도 성과는 얻지 못했다.

◇◇◇

밤.

『돼지의 밤울음』 재건 예정지에 돌아온 나는 라비를 2층에 올려 보내고 식당 구석에서 에이허브와 이야기를 나눴다.

“에이허브. 부탁할게. 이번에야말로 금전적으로도 협력하고 싶어.”

예상했었는지 에이허브는 말없이 내 이야기에 귀를 기울였다.

“캐트리가 책임을 느끼고 있고, 물리적으로 불가능해졌어. 이번에 더 사야 하는 목재값만이라도 내가 내면 안 될까?”

“캐트리를 위해서라고 말하니 거절하기도 뭐하지만…….”

에이허브가 난처한 얼굴로 뭔가를 말하려고 했을 때—.

“더글러스 씨, 여기 있나?”

남자 몇 명이 다가왔다.

“너희는 장인 길드의…….”

“그쪽이 여관 주인인가? 마침 잘됐어. 잠깐 와 주겠나?”

의아했지만 위험한 느낌은 들지 않았다.

나와 에이허브는 서로 고개를 끄덕이고서 그들의 뒤를 따랐다.

그러자 바깥에 어째선지 목재가 실린 마차가 서 있었다.

“이건…….”

“자, 네 입으로 설명해!”

어깨를 툭 밀치는 손길에 한 젊은 남자가 앞으로 나왔다.

"대체 어떻게 된 거야?"

"사죄시키려고 온 거야. 자기 입으로 확실하게 설명해."

그러자 젊은 남자는 퉁명스러운 태도로 마지못해 이야기하기 시작했다.

"……내가 한 거야."

"뭘……?"

"지붕 말이야."

"뭐라고?!"

청년은 그 말만 하고서 입을 다물어 버렸다.

어쩔 수 없다는 듯 옆에 선 중년 남성이 설명을 이었다.

"이 녀석이 취해서 자랑하는 걸 들은 녀석이 있어. 따져 물으니 자백하더군. 여자가 영웅의 일을 맡은 게 마음에 안 들어서 후회하게 만들고 싶었대."

아연해하는 우리를 향해 청년은 흥 콧방귀를 뀌었다.

"여자 목수 따위에게 일을 부탁해서 이렇게 된 거야. 이제 알겠어? 멍청이."

"이 멍청한 자식!"

리더 격 남자가 호통쳤다.

"미안해, 더글러스 씨. 이 녀석은 오늘부로 장인 길드에서 잘렸으니 용서해 줘."

"뭐라고?!"

"보다시피 전혀 반성하고 있지 않아. 교정하는 건 불가능하고, 본인도……."

"여자를 감싸는 장인들과 일하는 건 내 쪽에서 사양이야."

청년은 멱살을 잡고 있던 리더의 손을 뿌리치고 크게 외쳤다.

"나는 다른 도시로 이동할 거니까 문제없어! 걱정 안 해도 여자가 지은 건물 따위에 다시는 안 얼씬거려!"

청년은 그렇게 말하고 밤거리로 사라졌다.

"동료 한 명이 뒤를 밟을 거야. 도시를 나가는지 확실하게 감시하겠어."

"아, 아니…… 뭔가, 미안."

"사과할 사람은 우리야."

목수들은 나와 에이허브에게 머리를 숙였다.

"당신의 말을 듣고 눈이 번쩍 뜨였어. 우리는 긍지를 가지고서 일하고 있어. 그 마음은 토끼 아가씨도 똑같다는 걸 몰랐어."

"남자들만 있는 사회에 여자라는 이질적인 존재가 들어오는 게 싫었던 거야. 그것 말고 다른 이유는 없어. 그저 왠지, 지켜 왔던 게 망가지는 느낌이 들었어."

"토끼 아가씨. 정말로 미안해!"

어?

목수가 보는 방향을 돌아보니 어느새 캐트리가 있었다.

아무래도 소란을 듣고 상황을 보러 온 듯했다.

"캐트리……."

캐트리는 얼굴을 번쩍 들더니 용기 내어 앞으로 나왔다.

"저는 뭔가를 망가뜨릴 생각이 없어요. 그저 자신의 꿈을 이루어 훌륭한 목수가 되고 싶을 뿐이에요. 여러분도 똑같은 마음이지 않나요? 저와 여러분이 뭐가 다르죠?"

캐트리의 목소리가 떨리고 있었다.

마음에서 우러나온 외침이었다.

목수들도 이제는 캐트리의 본심에 확실하게 귀를 기울이고 있었다.

"……아무것도 다르지 않지. 맞아. 아무것도 다르지 않아. ……정말로 미안하다. 아까 그 녀석은 확실히 잘못했어. 하지만 그 녀석의 그런 생각을 만들어 낸 책임은 우리에게도 있어."

아마 이유도 불확실한 개개인의 감정이 집단의 정의처럼 되어 버렸을 것이다.

하지만 그들은 자신들의 잘못을 깨달았다.

"이번 일에 우리도 솔직히 책임을 느끼고 있어. 그래서 수복 작업을 돕고 싶어. 재료도 이렇게 가져왔어."

마차에 실린 목재는 그러려고 가져온 건가…….

"여관 주인장. 받아 주겠나? 토끼 아가씨. 우리에게 지시를 내려 줘."

"……!"

캐트리와 에이허브가 얼굴을 마주 보았다.

당연히 그들은 사양하며 재료까지 받을 수는 없다고 했지만, 목수 그룹의 리더는 「이미 사 왔으니 거절한다는 선택지는 없다」라며 호쾌하게 웃었다.

무겁게 긴장되어 있던 분위기가 마침내 조금 풀어졌다.

"에이허브, 캐트리, 저들의 마음을 고맙게 받는 게 어때?"

"더글러스……."

내 한마디가 마지막 쐐기가 되어 두 사람 다 고개를 끄덕였다.

"자, 그렇게 정해졌으면 쇠뿔도 단김에 빼야지. 바로 수복 작업에 착수한다!"

"오~!"

목수들이 일제히 억센 주먹을 들었다.

든든한 아군이 생겼다.

침수되어 버린 건물은 역시 한 번 헐어야 했지만, 목수 수십 명이 협력해 준 덕분에 하루 만에 상량식 후 상태로 되돌릴 수 있었다.

27화 아저씨와 소녀, 새로운 『돼지의 밤울음』 탄생을 기뻐하다

Enjoy new life with my daughter

재건 공사가 시작된 지 약 한 달.

구름 한 점 없는 하늘이 펼쳐진 한여름에 신 『돼지의 밤울음』이 완성됐다.

"굉장해. 이게 『돼지의 밤울음』이라니……."

완성된 여관을 올려다보고 에이허브가 감동의 한숨을 내쉬었다.

기뻐서 눈물짓는 친구 옆에서 나도 충족감을 느꼈다.

하나의 일을 다 같이 완수했다.

아무튼 그게 기뻤다.

최고급 목재가 남김없이 쓰인 여관은 발자크에서 이곳뿐이었다.

그러면서도 대단한 압박감이 들지 않으니 신기했다.

호화롭다기보다도 무게감 있게 서서 상냥하게 손님을 맞이하는 외관이었다.

여성 특유의 섬세한 감성이 들어간 디자인 덕분이리라.

분명 온기를 주는 좋은 여관이 될 터다.

정면 현관 앞 포치에는 라비, 다이애나, 니키가 심은 해바라기가 피어 있었다.

해를 향해 자란 오렌지색 꽃이 웃으며 손님을 맞이해 주다니 멋지다.

이것도 캐트리의 아이디어였다는 것을 떠올리고 역시 대단하다고 생각했다.

"정말로 훌륭한 여관이야……!"

"저것 좀 봐, 라비. 지붕이 빨간색이라 귀여워!"

"응! 정말 예쁘다……!"

에이허브의 아내가 눈물을 글썽거렸다.

그 주위에서는 라비와 다이애나가 손을 맞잡고 폴짝거리고 있었다.

"라비도 다이애나도 신난 걸 보니까 어린애구나. 뭐, 나도 꽤 도움이 됐지."

"이만큼 일하니 성취감이 있네요. 인간과 처음으로 함께 작업한 것도 저희에게는 큰 경험이 됐습니다. 더글러스 씨, 돕는 걸 허락해 주셔서 감사합니다."

니키와 루이도 만족스러운 얼굴로『돼지의 밤울음』을 올려다보았다.

"다들 지금까지 정말로 고마워."

에이허브는 눈에 맺힌 눈물을 닦고 우리에게 감사를 표했다.

그리고 마지막으로 한 걸음 떨어진 곳에서 지켜보던 캐트리 곁으로 가 그녀의 손을 잡았다.

"캐트리. 네게 부탁하길 정말로 잘했어. 최고의 여관을 만들어 줘서 고마워."

"아, 저…… 마, 마음에 드셨나요……?"

캐트리는 조심스러운 목소리로 그렇게 물었다.

하지만 처음 만났을 때처럼 자신의 존재 자체에 자신감이 없다는 느낌은 들지 않았다.

열심히 일했다는 긍지는 있었다. 그래도 자신이 지은 집이 정말로 누군가를 기쁘게 할 수 있는지 걱정되는 것 같았다.

에이허브는 그런 캐트리의 불안을 큰 목소리로 날려 버렸다.

"마음에 들었냐고? 당연하지! 네가 지어 준 『돼지의 밤울음』은 세계 제일의 여관이야!"

"……웃……."

빨간 눈에 눈물이 왈칵 차올라서 캐트리는 황급히 양손으로 닦았다.

"앗, 왜, 왜 울어?!"

"당신이 너무 손을 세게 잡은 거 아니야?!"

당황한 에이허브 부부를 향해 캐트리가 웃으며 고개를 흔들었다.

"아니에요!! 죄송해요, 기뻐서……."

나는 캐트리를 지켜보며 미소 지었다.

"이제 고향에 계신 부모님께 건강한 모습을 보여 줄 수 있겠네."

"네……!"

캐트리의 얼굴에는 정원의 해바라기 못지않은 웃음꽃이 활짝 피어 있었다.

"고용해 주셔서 감사합니다, 에이허브 씨. 더글러스 씨. 라비. 그리고 여러분이 도와주셨기에 멋진 여관을 지을 수 있었어요!"

"다음에 부모님을 초대하도록 해. 캐트리의 가족이라면 언제든 대환영이야! 최고로 대접할게!"

"우와~! 부모님도 무척 기뻐하실 거예요……! 훌쩍."

아직 코를 훌쩍이는 캐트리와 모두가 악수했다.

그때 새로운 손님이 찾아왔다.

목수들이었다.

"이보셔~ 축하주를 가져왔어!"

"오늘 완성이라고 들었으니까!"

그 사건 이후로 계속 간식을 가져다준 그들은 완전히 우리의 동료가 되어 있었다.

"좋아, 오늘은 다 같이 축하하자고! 오랜만에 실력을 발휘할 테니 안으로 들어와!"

"후후, 신축 기념 파티를 열죠! 오늘은 저도 남편 옆에서 열심히 요리를 대접하겠어요!"

에이허브 부부의 말에 다들 환호성을 질렀다.

신나게 와글와글 떠들며 동료들이 『돼지의 밤울음』으로 들어갔다.

나와 루이는 제일 끝이었다.

"더글러스 씨. 데려와 주셔서 정말로 감사합니다. 이번 일은 여러모로 공부가 됐습니다."

"나야말로 루이와 니키가 있어서 정말로 큰 도움이 됐어."

"인간에 대한 거북함도 많이 옅어진 것 같습니다. 솔직히 말하자면 우리가 다른 종족과 잘 지내지 못하는 것처럼 캐트리 양도 차별을 극복할 수 없을 거라고 내심 생각했습니다."

"그래……."

그에 관해서는 조금 복잡한 심경이었다.

"분명 완전히 극복한 건 아닐 거야."

앞으로도 이와 같은 일이 일어날지도 모른다.

"하지만 확실하게 말할 수 있어. 이번에는 캐트리의 승리야."

캐트리는 눈물을 닦고 다시 일어났다.

그게 중요했다.

"만약 또 괴로운 일을 겪더라도, 한 번 이겼다는 사실이 캐트리의 마음을 지탱해 줄 거라고 믿고 싶어."

"그러네요……. 앞길에 무엇이 기다리든 두려워하지 않고 나아가는 것에 의미가 있는 거겠죠. 누구든지요."

"그래."

길은 험난할지도 모른다.

하지만 그 험난한 길을 극복하면 분명 둘도 없는 인생의 희망으로 이어지리라.

그 사실을 나는 라비에게 가르쳐 주고 싶다.

비가 내린 뒤에도, 폭풍이 지나간 뒤에도, 해바라기처럼 웃을 수 있는 강함을 손에 넣기 위해—.

28화 아저씨, 과보호 수준도 세계 제일

어느 평온한 오후.

창가 자리에 앉은 나는 에이허브가 끓인 커피를 마시며 멍하니 향후를 생각하고 있었다.

『돼지의 밤울음』도 완성됐고, 앞으로 어쩔까.

역시 향후 방침을 생각해야 했다.

부득이한 사정이 있었다고는 하지만 꽤 오랫동안 발자크에 머물고 있었다.

슬슬 다음 여행에 나설 무렵인 것은 확실했다.

그럼에도 불구하고 엉덩이를 떼지 못하는 데는 몇 가지 이유가 있었다.

우선 기후.

한여름의 햇볕은 오전 중에도 강하다.

북쪽 산간 지대로 간다면 모를까, 여행하기에는 적합하지 않은 날씨다.

다음으로 여전히 깨어나지 않은 앨런이 신경 쓰였다.

내가 목돈을 내서 입원비용을 댔기에 앨런이 깨어날 때까지는 보살핌을 받게 되었다.

하지만 그렇다고 계속 방치해도 될까…….

앨런을 구하려는 것은 아니다.

내게는 팔이 두 개밖에 없다.

지킬 수 있는 것도, 구할 수 있는 것도 한정되어 있다.

그러나 완전히 털어 내기도 어려웠다.

"아주머니, 청소 이렇게 하면 돼요……?"

"잘하네, 라비!"

"나도, 나도! 이렇게 높은 곳까지 손이 닿아! 다이애나가 학교에서 돌아오면 자랑해야지!"

라비와 니키는 식당 청소를 도우며 즐거워하고 있었다.

전부 끝나면 간식으로 레몬 파이를 받을 수 있어서 의욕적이었다.

"아빠, 나 제대로 돕고 있어."

그렇게 말하며 웃는 라비가 천사 같았다.

너무 귀여워서 나는 헤실헤실 웃으며 손을 흔들었다.

"더글러스 씨! 이따 요리 좀 맛봐 주실래요?"

주방 쪽에서 루이의 목소리가 들려왔다.

"물론이지. 루이는 점점 요리 실력이 좋아져서 기대돼."

실제로 정말 능숙해져서 맛보는 역할인 나는 횡재였다.

루이는 에이허브의 요리에 감동한 모양이라 『돼지의 밤울음』이 완성되고 나서 오늘까지 계속 레시피를 배우고 있었다.

그가 얻은 지식은 좋은 기념품이 될 것이다.

루이 부자는 한동안 더 발자크 관광을 즐긴 뒤에 플로리아로 돌아간다고 했다.

아이들이 즐겁게 떠드는 목소리와 맛있는 요리 냄새.

평화롭고 온화한 시간이 흐르는 것을 느끼며 나는 다시 창밖으로 시선을 돌렸다.

큰길에는 변함없이 사람들이 바쁘게 오가고 있었다.

아.

길 한복판에서 모험가들이 옥신각신하기 시작했다.

곧장 헌병이 달려와서 중재했다.

평화와 소란을 둘 다 갖춘 것이 발자크라는 도시의 특징이었다.

그건 좋은 면과 나쁜 면이 있었다.

상냥한 사람이 많아도, 사람이 모이는 곳이니 다양한 문제를 안고 있다.

사기, 절도, 분쟁.

도시 어딘가에서 매일 범죄가 일어나고, 누군가가 울고, 누군가가 붙잡힌다.

라비를 키우기 가장 좋은 환경은 대체 뭘까.

결론을 도출하기에는 아직 아빠로서의 경험이 부족했다.

답을 찾기 위해서도 역시 슬슬 다음 장소로 이동하는 편이 좋을 것 같다.

"라비—."

말을 꺼내려고 했을 때, 다이애나가 돌아왔다.

"다녀왔습니다~! 있지있지, 라비, 니키! 같이 서머 캠프 가자!"

다이애나가 책가방을 멘 채 그렇게 외쳤다.

라비와 니키는 흥미진진한 모습으로 다이애나가 든 종이를 들여다보았다.

"매년 여름에 있는 캠프야! 학교에 다니는 아이가 아니어도 돈을 내면 누구든 참가할 수 있어! 그게 다음 주에 있으니까 두 사람과 같이 가고 싶어!"

서머 캠프인가.

나도 두 사람 뒤에서 다이애나가 가져온 안내문을 보았다.

캠프 장소는 발자크에서 도보로 두 시간쯤 걸리는 산기슭.

직접 텐트를 치고, 밥을 짓고, 캠프파이어를 즐긴다는 모양이다.

"되게 재밌어! 응응? 아저씨, 괜찮죠? 학교 선생님이 같이 가니까 아이들만 가도 괜찮아!"

"뭐? 아이들만?"

나는 도저히 믿을 수가 없었다.

안내문에는 확실히 「부모님은 참가할 수 없습니다. 책임지고 아이들을 맡겠습니다」라고 적혀 있었다.

만약 허락한다면 이틀이나 라비와 떨어지는 건가……?!

"라, 라비……."

매달리는 심정으로 라비를 보니…….

"캠프……."

라비는 우물쭈물하면서도 반짝거리는 눈으로 안내문을 보고 있었다.

크.

가고 싶은 거구나, 라비…….

나는 복잡한 심경이 되었다.

라비가 바란다면 보내고 싶다.

하지만 이틀이나 라비와 떨어지는 건 걱정되는 데다가 외로워서 미칠지도 모른다.

아니야……. 과보호하면 안 된다고 나 자신에게 수없이 말했었잖아.

또 나쁜 병이 재발했어.

……정말로 과보호일까?

하룻밤이나 떨어져 지내는데 걱정하는 건 당연하지?

심지어 도시 밖이라고!

라비를 힐끔 보자 기대가 담긴 커다란 눈으로 나를 마주 보았다.

아아, 나는 어쩌면 좋지……!!

당황하고 있으니 니키가 아쉬운 얼굴로 루이에게 물었다.

"아빠, 나는 안 가는 게 좋지?"

그 물음에 루이는 퍼뜩 놀란 표정을 지었다.

"……니키, 왜 그렇게 생각해?"

"인간이 잔뜩 모이는 곳이니까. 인간이 잔뜩 있는 곳에 엘프가 가면 미움받고 괴롭힘당한다고 마을 사람들이 그랬어."

우리 어른들은 니키의 말에 얼어붙었다.

니키는 그게 당연하다는 듯한 얼굴이었다.

그것이 더더욱 괴로웠다.

아이가 이런 말을 하게 하다니…….

어른의 책임이 가슴을 무겁게 짓눌렀다.

"아! 라비랑 다이애나는 그런 인간이 아니라는 거 알아! 하지만 평범한 인간은 엘프를 싫어해. 그렇지? 아빠."

우리의 동요를 알아차렸는지 니키가 허둥지둥 말했다.

"니키……."

루이가 창백한 얼굴로 입을 다물었다가 조심조심 말을 꺼냈다.

"그건…… 틀린 생각이었어. 우리가 잘못했던 거야."

"아빠……?"

"모든 인간이 못된 건 아니야. 방금 너도 말했잖아. 여기 있는 사람들처럼 상냥한 인간도 많아. 개중에는 못된 사람도 있을지 몰라. 하지만 그런 사람들이 무서워서 상냥한 사람들과의 만남을 포기하는 건 아까워."

"그 말은…… 캠프에 가도 된다는 거야……?"

"그래."

니키가 기뻐하며 눈을 빛냈다.

"신난다……!"

"그 대신 하나만 약속해 주렴. 누군가 못되게 굴어도 똑같이 못되게 굴지 말 것. 캠프에는 못된 마음을 찾으러 가는 게 아니야. 하나라도 많은 상냥한 마음을 찾으러 가는 거야."

"뭔가 어려울 것 같지만, 노력할게!"

무척 신난 아들을 보고 루이는 눈을 접었다.

지금까지의 과거를 생각하면 쉬운 결단은 아니었을 터다.

"루이. 정말 괜찮겠어?"

"네. 아이에게까지 차별에 지는 마음을 심어 주고 싶지는 않아요."

"그런가……."

엘프들도 바뀌려는 거구나.

이번에는 내 차례인가.

"아빠……."

"윽, 라, 라비……."

슬슬 각오를 다지자…….

"나도, 두 사람과 같이 캠프 가도 돼……?"

두려워했던 질문이었다.

나도 루이를 본받아서…… 아니, 하지만…….

"역시 안 돼……?"

"아니!! 안 되는 건…… 아니…… 괜찮…… 아니……!!"

확실하게 대답하지 못하며 나는 머리를 싸맸다.

괜찮다고…… 말하고 싶다.

루이처럼 보내주고 싶기는 하다.

하지만 걱정돼…… 아아아아…….

"내가 없는 동안 라비에게 무슨 일이 생기면 어떡해…… 예를 들어 개울에 빠지거나……."

"더글러스, 야영지에 있는 건 복사뼈까지 오는 시내야."

"몬스터의 습격을 받거나……."

"소형 초식 몬스터밖에 없어."

"어쩌면 야영지에 저주받은 도구가 놓여 있을지도 몰라!"

"야영지에 그런 게 왜 있어?"

에이허브가 어이없어하며 지적했으나 나는 냉정해질 수 없었다.

"하하, 더글러스 씨. 그런 부분은 여전하시네요."

"정말이지, 너는 틀림없이 이 나라에서 가장 강하지만, 과보호 수준도 이 나라 제일, 아니, 세계 제일이야."

"하하하하! 라비네 아빠 재밌다!"

젠장, 다들 남의 일이라고……!

온화하게 웃는 동료들 속에서 라비가 눈물을 글썽거리며 다시 물었다.

"가면 안 돼……?"

딸이 귀엽게 조르고 있었다.

안 된다고 말할 수 있을 리가 없다.

나는 고통스러운 결단을 내렸다.

"쿠쿠를 데려가야 해……. 위험한 일은 절대 하면 안 돼. 밤에는 일찍 자고, 무슨 일이 생겼을 시의 긴급 피난 경로는 반드시 확인하고, 이상한 곳에는 다가가지 마. 절대 혼자 행동하지 말고, 놀러 갈 때는 선생님께 장소를 보고하고……."

"알겠어……! 고마워, 아빠……!"

아직 충고 안 끝났어……!

그렇게 말할 수는 없어서 나는 눈물을 삼켰다.

29화 아저씨와 소녀, 두런두런 밤중 대화

내 갈등과는 상관없이 순식간에 캠프 전날 밤이 되었다.

목욕하고 나온 라비는 머리를 말린 후 침대 위에 이것저것 늘어 놓고 있었다.

갈아입을 옷, 속옷, 잠옷, 수건, 칫솔, 컵, 숟가락과 포크.

라비는 준비물 목록을 손으로 짚으며 확인 작업을 수행했다.

그 목록도 라비가 직접 작성한 것이었다.

작고 동그란 글씨가 사랑스러웠다.

라비는 성실하구나.

만약 학교에 다녔다면 틀림없이 반에서 가장 성적이 좋았을 것이다.

"응, 다 챙겼다……."

이번 준비물은 라비가 스스로 준비했다.

나는 같이 준비할 생각이었지만, 에이허브의 아내가 말하길 본인에게 맡기는 것도 아이의 성장에 중요하다고 했다.

그 말을 듣고 캠프에 가져가는 물건은 라비 스스로 고르게 했다.

오늘 하는 마지막 체크도 나는 근처에서 지켜보고만 있었다.

즐겁게 준비하는 모습을 보니 흐뭇했다.

"혼자서 여행을 준비하다니, 굉장해, 라비. 천재야."

"아빠, 과찬이야……. 캠프에 갈 준비를 했을 뿐인걸……."

"완벽하게 준비하는 건 꽤 힘든 일이야. 제대로 못 하는 어른도 많아. 그러니까 천재야."

설마 내가 툭하면 우리 딸 귀엽다고, 우리 딸 천재라고 생각하는 부모가 될 줄은 몰랐다…….

그래도 쑥스러워하는 라비가 행복해 보이니 내 육아 방침은 틀리지 않았을 터다.

이렇게 쑥쑥 자라서 머지않아 내가 없어도 뭐든 잘하게 되겠지…….

기쁘기도 하고, 쓸쓸하기도 하고…….

"아빠? 왜 먼 곳을 보고 있어……?"

"아, 아니, 괜찮아. 아무것도 아니야……. 내일은 일찍 일어나야 하니까 오늘은 이만 잘까."

"응…… 저기, 아빠……."

갑자기 라비가 부끄러워하며 머뭇거렸다.

뭐지?

"왜?"

"아빠랑 떨어지는 거, 긴장돼……."

라비는 침대 위에서 작은 몸을 말고 무릎을 껴안았다.

예상치 못한 고백에 나도 모르게 움직임이 멈췄다.

라비도 나랑 똑같은 기분이었나.

"그리고 걱정돼……. 다이애나랑 니키가 같이 가지만, 모르는 아이랑 친해질 수 있을까……."

"하하, 그건 괜찮아. 라비는 이렇게 착한 아이고 아주 다정한걸. 내가 만약 라비 또래였다면 제일 먼저 너랑 친구가 되고 싶었을 거야!"

"정말……?"

"분명 즐거운 캠프가 될 거야."

내가 웃어 주자 라비는 안심한 듯 숨을 휴 내쉬었다.

"아빠의 말은 마법 같아……. 너무너무 걱정되는 일이 있어도, 괜찮다고 하면 믿게 돼."

"라비……."

올곧은 말에 나는 찡해졌다.

캐트리에게도 그렇게 말했었지.

나는 그리 대단한 일은 안 했다.

하지만 라비에게 도움이 된다면 이렇게 기쁜 일은 없다.

"나도 마법의 말을 쓰고 싶어. 그러면 아빠가 곤란할 때 도와줄 수 있겠지?"

내 딸은 어쩜 이렇게 착할까.

마법의 말이 없어도 라비는 그 존재만으로 나를 살리는데.

"아빠, 있지."

라비는 조금 쑥스러워하며 고개를 숙였다.

"오늘…… 아빠랑 같이 자도 돼……?"

"웬일로 어리광쟁이네. 좋아. 이리 와."

"응!"

라비는 눈을 반짝이더니 베개를 들고서 내 침대로 올라왔다.

성장하여 떠나는 것이 쓸쓸하다고 생각하는 건 시기상조였구나.

라비는 아직 어리다.

라비를 벽 쪽에 눕힌 후 나도 불을 끄고 옆에 누웠다.

"라비. 내일 갈 캠프에 관해 말해 둘 게 있어."

"위험한 일은 안 해."

"그것도 그렇지. 그리고 또 하나, 니키에 관한 거야. 어쩌면 니키는 모두와 잘 지내지 못할지도 몰라. 그러면 라비가 니키를 도와주지 않을래?"

"응. 다이애나랑 같이 도울게."

라비는 고개를 끄덕이고서 조심조심 물었다.

"아빠. 어째서 엘프랑 인간은 사이가 나빠?"

고민하다가 결심하고 물어본 것 같았다.

분명 용기를 내서 물어봤을 것이다.

어린 마음에 민감한 문제라고 생각한 모양이다.

나는 천장을 올려다보며 되도록 라비가 이해하기 쉬운 말로 이야기했다.

"먼 옛날에 인간과 엘프 사이에 전쟁이 있었어. 결국 인간이 이겨서 엘프들은 숲 안쪽으로 쫓겨났어."

"엘프들은 줄곧 숲에 있었던 게 아니구나……."

"그래. 인간은 엘프에게서 빼앗은 토지를 개척하여 마을과 도시를 만들었어. 심지어 엘프의 거처가 됐을 터인 숲을 소멸시키고 강 물길도 멋대로 고쳐 버렸어. 작물을 키우기 위해 억지로 물을 끌어

오고, 메워 버리고……."

"그랬구나……."

"인간보다 훨씬 오래 사는 엘프들은 그 어리석은 짓들을 보며 신물이 난 걸지도 몰라. 인간이라는 존재도, 인간이 만들어 낸 문화도 혐오하게 됐어."

피뢰침을 설치하지 않았던 것도 그 원한 때문이리라.

"하지만 그건 아주 오래전 일이잖아? 그때 살았던 엘프들은 이제 없지……?"

"그래. 하지만 혐오와 증오는 젊은 세대로 이어져 내려왔어. 인간도. 엘프도."

"직접 나쁜 짓을 당한 사람은 이제 없는데도?"

그랬다.

막연하게 싫다는 인상을 가지고 있었다.

깔보는 마음이 있었다.

대단한 이유가 없어도, 원한은 그렇게 끊임없이 계승되었다.

"부모 세대가 싫어했으니까 아이도 싫어하는 게 줄곧 이어졌어. 하지만 상대가 미워하니까 나도 미워하는 식으로는 세계에서 다툼이 사라지지 않겠지."

열심히 고민하던 라비가 생각난 것처럼 말했다.

"그래서 니키네 아빠는 누군가 못되게 굴어도 똑같이 못되게 굴지 말라고 했구나."

라비가 루이의 마음을 헤아려서 나는 기뻤다.

"그렇겠지. 세상에는 다양한 종족이 있어. 캐트시나 드워프처럼 인간과 그런대로 잘 지내는 종족도 있는가 하면, 엘프들처럼 인간과 교류를 끊은 종족도 있어. 모두가 차이를 인정하고 허용하여, 차별하지 않고 평화롭게 지낼 수 있는 세상이 되면 좋을 텐데."

종족 간에만 차별이 일어나는 것은 아니다.

인간끼리도 자신과 다른 상대를 의미도 없이 거부할 때가 있다.

"나도 캐트리 언니가 여자라는 이유로 이런저런 말을 듣는 건 무척 슬퍼."

"그렇지."

성별, 종족, 외모, 출생. 그런 것들을 이유로 편견을 가지는 것은 절대로 잘못됐다.

"나는…… 여러 사람과 친해져 보고 싶어. 그러니까 내일은 친구를 만들 수 있게 힘낼 거야……."

라비의 말이 믿음직스러웠다.

미래는 아이들의 것이다.

그 아이들이 다들 라비처럼 생각한다면 분명 평화로운 세상이 찾아오리라.

나는 라비의 머리를 쓰다듬었다.

"그럼 자자."

"네~ 안녕히 주무세요, 아빠."

"잘 자, 라비."

나는 라비에게 이불을 다시 덮어 주었다.

창문으로 달빛이 들어왔다.

라비는 온기를 구하듯 몸을 붙였다.

작은 덩어리의 상냥한 열을 느끼며 나도 눈을 감았다.

30화 아저씨, 텐트 치는 아이들을 지켜보다

이튿날은 서머 캠프에 가기 딱 좋은 화창한 날씨였다.

공기도 상쾌했다.

아이들은 신나게 아침밥을 먹었고, 드디어 배웅할 시간이 되었다.

"그럼 쿠쿠, 잘 부탁해."

『알겠습니다. 라비, 지킵니다.』

라비의 어깨에 앉은 쿠쿠가 대답했다.

"그럼 아빠, 다녀오겠습니다……."

"조심해야 해, 라비."

짐이 담긴 가방을 비껴 멘 라비가 씩씩하게 손을 흔들었다.

세 사람은 손을 잡고 함께 집합 장소로 출발했다.

"……자, 그럼."

아이들의 뒷모습이 보이지 않게 되어 나는 부모들을 돌아보았다.

"모두에게 상담할 게 있어……."

"무슨 상담?"

"내가 가진 스텔스 스킬을 써서 아이들을 지켜보고 싶은데, 그래도 될까?"

"뭐어?! 이틀이나?!"

"그래."

"그렇게까지 안 해도 되지 않아? 서머 캠프는 매년 열리는 행사고."

"사실 라비에게는 조금 사정이 있어."

예전에 습격해 왔던 암살자도 있다.

내가 옆에 없는 틈을 노리고 있을지도 모른다.

"아무래도 걱정돼. 지켜보기만 할 거고, 목숨이 위험한 게 아니라면 간섭하지 않겠다고 약속할게."

그들은 얼굴을 마주 보더니 생각에 잠겼다.

"저는 솔직히 감사합니다."

루이는 조금 복잡한 미소를 지으며 말했다.

"니키의 의견을 존중하여 보내 줬지만, 엘프 아이가 끼었는데 아무 일도 없지는 않겠죠. 이건 인간을 의심한다기보다 집단 심리를 얘기하는 겁니다."

"……그렇지. 집단이 되면 여러 가지 문제가 일어나기 쉬워. 어른조차 그걸 피하기는 어렵고 말이지……."

에이허브가 한숨을 쉬며 중얼거렸다.

"니키에게 무슨 일이 일어나는지 알 수 없는 건 무섭기도 합니다. 더글러스 씨가 지켜봐 주신다면 안심입니다."

"……맞아요. 니키 군과 라비 양에게는 첫 캠프고요."

에이허브의 아내도 그렇게 말해 줬다.

"너는 확실히 조금 과하지만, 부모라면 누구나 아이의 안전을 걱정하니까."

"에이허브……."

"단, 교사에게는 설명해 둬야 해."

"그래!"

여차여차해서 과보호 아빠인 나는 부모 대표로서 캠프를 지켜보러 가게 되었다.

◇◇◇

학교 교사에게는 에이허브가 잘 설명해 줬다.

덕분에 나는 스텔스 스킬을 쓰고 아이들의 모습을 보게 되었다.

"그 유명한 영웅 더글러스 씨가 캠프에?!"

"아이들 앞에 모습을 보여 주면 더 기뻐할 것 같은데…… 하, 하지만, 그래서는 아이들의 모험이 되지 않겠네요……."

인솔 교사들이 캠프 지도 역할을 내게 맡겨야 하지 않을까 상담하기 시작했기에 황급히 말렸다.

"아, 아니, 그렇게 크게 키울 일은 아니야……. 나는 그저 딸이 걱정돼서……."

어찌어찌 필사적으로 설명하여 뒤에서 지켜보는 것을 허락받았다.

그 후 나는 아이들이 눈치채지 못하도록 조금 늦게 야영지인 산기슭에 도착했다.

이곳이 야영지인가…….

안전하게 지낼 수 있도록 잘 정비된 산이었다.

그러면서 손대지 않은 자연도 확실하게 남아 있었다.

산기슭에서 아이들이 신난 모습으로 선생님의 이야기를 듣고 있었다.

하하, 라비는 착하게 있구나…….

무릎을 꼭 끌어안고 앉아서 진지한 얼굴로 교사의 이야기를 귀담아듣고 있었다.

어깨에 자리한 쿠쿠도 확실하게 일하고 있는 듯했다.

나는 아이들 뒤에서 몰래 모습을 지켜보았다.

내가 있는 것을 아는 교사들은 때때로 내 모습을 찾듯 이리저리 둘러보았다.

물론 기척을 지우는 스텔스 스킬의 효과는 압도적이라 나를 찾지는 못했다.

오. 다음은 텐트를 치는 건가.

아이들은 작은 텐트 일습을 들고서 여기저기로 흩어졌다.

라비와 다이애나와 니키는 셋이서 한 그룹인 듯했다.

사이좋은 세 사람이 함께하게 되어 다행이다.

라비도 기뻐 보였다.

세 사람은 곧장 선생님이 설명한 대로 텐트를 치기 시작했다.

접이식 폴을 연결하고 텐트 천을 슬리브에 끼웠다.

조금 어려운 그 작업은 라비와 다이애나가 담당하는 것 같았다.

두 사람은 텐트의 통 형태 부분에 열심히 폴을 끼웠다.

힘내라……! 힘내라……!

내가 손에 땀을 쥐며 지켜보는 동안 니키는 지면의 돌을 주웠다.

그런 니키를 다른 아이들이 멀리서 힐끔힐끔 보고 있었다.

아직은 니키에게 다가올 것 같지 않았다.

“다 됐다!”

“해냈어, 라비!”

텐트에 폴을 다 끼운 모양이다.

다음은 남자아이인 니키가 돌로 지면에 말뚝을 박을 차례였다.

이건 꽤 힘든 작업이다.

힘도 필요할 것이다.

하지만 니키는 두 사람에게 응원받아 열심히 노력했다.

어떻게든 말뚝을 모두 박고 텐트를 묶는 단계에 들어갔다.

“라비, 그쪽 잡아당겨!”

“으, 응…….”

“바람이 방해해서 잘 안 돼!”

강풍에 텐트가 펄럭였다.

그 탓에 고정하기 어려운 듯했다.

다른 아이들은 그렇게 고생하지 않는 것 같은데.

그렇군. 딱 바람이 부는 위치에 텐트를 치려고 하는 거구나.

『라비, 위험?』

“아니, 괜찮아…… 해 볼 거야……!”

걱정하는 쿠쿠에게 라비가 고개를 끄덕여 대답했다.

간섭하지 않겠다고 다짐했지만…….

텐트가 계속 어긋나 거의 울상이 된 니키를 보자니 역시 걱정되었다.

살짝 도와주는 정도라면 괜찮겠지……?

나는 세심한 주의를 기울이며 바람 마법을 써서 텐트 근처에 부는 강풍을 가라앉혔다.

"아! 바람이 조금 잠잠해졌어!"

"이 틈에 빨리 텐트를 조립하자!"

"응!"

아이들은 민감하게 알아차리고 다시 텐트 고정에 착수했다.

그 결과—.

"다이애나네 대단해~! 1등이야!"

"에헤헤……."

라비의 텐트가 어느 그룹보다 빨리 완성되었다.

"셋 다 굉장하구나!"

교사가 칭찬하자 세 사람 모두 자랑스러워하며 가슴을 쭉 폈다.

"다 같이 힘을 합쳐서 노력했어!"

기뻐하며 웃는 얼굴을 보니 가슴이 따뜻해졌다.

나는 보이지 않는 것을 이용하여 행복을 실컷 음미했다.

31화 아저씨, 아이들의 싸움을 보고 마음을 졸이다

텐트 치는 작업이 끝난 후, 나는 맹렬한 자기혐오에 빠졌다.

목숨이 위험한 상황이 아니면 간섭하지 않겠다고 약속했는데 나도 모르게 도와주고 말았다…….

라비와 아이들이 자기 힘으로 이루었다며 기뻐할 때마다 가슴이 아팠다.

역시 부모는 지켜보기만 하는 것이 좋을 때도 있구나.

마음 깊이 반성하고, 똑같은 잘못을 되풀이하지 말자고 굳게 맹세했다.

세 아이는 다음에 할 일을 받고서 의욕을 보이고 있었다.

“그럼 숲에 나무를 가지러 가자!!”

“응. 나 나무 찾는 법 알아.”

“정말? 라비 대단하다!”

아. 숲에 가는 건가.

숲은 위험이 더 많을 것이다.

나는 마음을 다잡고 라비의 뒤를 따라갔다.

절대 간섭하지 말자…….

낙엽이나 나무를 밟아 발소리를 내지 않도록 세심한 주의를 기울이며 아이들의 모습을 지켜보았다.

쭈그려 앉은 라비는 작은 목소리로 두 사람에게 뭔가를 설명하고 있었다.

조금만 더 다가가 보자.

"있지. 불을 피우는 데 쓰는 나무는 마른 가지여야 해."

"나무면 다 되는 거 아니야?"

"아니. 눅눅한 가지를 쓰면 연기만 나고 전혀 타지 않아."

라비는 그렇게 말하며 나뭇가지 하나를 주워서 부러뜨렸다.

뚝, 경쾌한 소리를 내며 가지가 부러졌다.

"지금 같은 소리가 나는 건 마른 나무야."

"흐응. 하긴, 임업에 쓰이는 나무도 베고 나서 건조시키니까. 역시 나무는 말려야 하는구나."

"그럼 라비, 이건?"

"그건 소리가 안 났으니까 안 말랐어. 하지만 매끈매끈하고 깨끗한 나무니까 껍질을 잘 벗기면 숟가락 대신 쓸 수 있어."

"헤에~!"

세 사람이 머리를 맞대고 그런 이야기를 하고 있을 때—.

"자세히 아는구나. 우리한테도 가르쳐 줘!"

다른 아이들이 말을 걸어와서 라비가 흠칫 긴장했다.

라, 라비, 힘내……!

"아까 대단했어."

"캠프 많이 해 봤어?"

잇달아 질문받고 안절부절못했다.

힘내라……! 힘내라……!

"아빠한테 배웠어……."

라비는 쑥스러워하면서도 어떻게든 대답했다.

바로 그거야, 라비!

"아빠? 너희 아빠는 캠프 자세히 알아?"

"아빠는 뭐든 다 알아."

"맞아, 맞아. 라비네 아빠는 대단해!"

"근육도 불끈불끈하고 말이야!!"

다이애나와 니키가 칭찬하자 라비가 기쁘게 미소 지었다.

하지만 그 직후에 우려했던 사태가 벌어지고 말았다.

"대단하기는 개뿔. 너희, 그딴 녀석이랑 얘기하고 싶냐?"

"어……?"

라비가 어깨를 움찔했다.

이번에 다가온 것은 짓궂어 보이는 소년들이었다. 그들은 히죽히죽 웃으며 아이들을 에워쌌다.

"뭐야. 로건."

다이애나는 면식이 있는 것 같았다.

이름을 부르며 새쭉하게 노려보았다.

친구 사이, 는 아닌 듯하다.

"다이애나, 너 엘프의 동료야?"

"그런 녀석이랑 같이 있으면 너까지 뾰족귀가 될걸!"

그 말에 니키가 울컥하여 입을 악물었다.

"너희 뭐야! 해보자는 거야?!"

니키는 화를 내며 팔을 걷어붙이고 앞에 나서려고 했다.

큰일이다.

나는 당황했지만 놀랍게도 다이애나보다 먼저 라비가 니키를 말렸다.

"안 돼, 니키……!"

팔을 잡고 말리자 니키가 눈을 크게 떴다.

나도 그 행동에 놀라서 멈춰 섰다.

라비는 심상치 않은 분위기에 겁먹은 것 같았지만, 그래도 용기를 쥐어짜 니키에게 호소했다.

"니키, 루이 아저씨가 했던 말을 떠올려."

"……!"

누군가 못되게 굴어도 똑같이 못되게 굴면 안 된다.

루이는 아들에게 그렇게 일렀다.

우리 아이들은 자신이 어떻게 해야 하는지 제대로 알고 있다.

나는 그것을 확신했다.

그 증거로 니키는 라비의 눈을 보고 입을 다물더니 작게 고개를 끄덕였다.

"……알겠어……."

고개를 숙이고 그렇게 말한 니키는 치켜들려고 했던 주먹을 내렸다.

분한 마음을 필사적으로 참고 있을 것이다.

아주 훌륭했다.

"흥. 재미없어~."

"엘프가 겁쟁이란 건 진짜였네!!"

"로건! 그만해!"

다이애나가 소년들에게 화냈다.

그것이 불난 집에 부채질을 했는지 소년들은 더욱 재미있어했다.

곤란하게 됐네…….

어린아이의 악의는 순수하기에 잔혹하다.

"엘프는 항상 꼬리를 말고 숲으로 도망치잖아!"

"……라비, 다이애나, 저쪽으로 가자. 좋아 보이는 나무가 많이 있어."

"역시 엘프야~! 나무 베는 것 말고는 능력이 없어서 빠삭하네~!"

"읏, 좀!!"

다이애나가 소년들 앞을 가로막고 팔짱을 꼈다.

"너희들, 작작 해! 선생님한테 이를 거야!"

"우와~! 흉폭녀가 화났다~!!"

분투하는 다이애나 뒤에서 라비가 고개 숙인 니키의 얼굴을 걱정스럽게 살펴보았다.

숨을 헉 삼킨 것은 니키의 눈에 맺힌 통한의 눈물을 알아차렸기 때문이리라.

니키는 입술을 악물고서 주먹을 떨고 있었다.

분하겠지.

종족을 무시당했고, 자신을 지켜 준 친구까지 욕을 먹었다.

니키의 마음이 얼마나 괴로울지 상상하니 가슴이 아팠다.

"니키……."

"……읏."

울려고 하는 얼굴을 라비에게 들킨 니키는 얼굴을 빨갛게 물들이고서 입술을 깨물고 달려가 버렸다.

"아하하! 엘프가 도망쳤다~!"

잔혹하게도 아이들은 내몰듯 떠들었다.

"니키……! 다이애나, 선생님께 말해 줘. 나는 니키를 쫓을게……!"

"어?! 라비!"

다이애나를 남겨 두고 라비가 달려갔다.

평소에는 얌전한 라비가 달려가는 것을 보고 나는 숨을 삼켰다.

아니, 놀라고 있을 때가 아니다.

『라비, 기다리십시오. 위험할 수 있습니다! 위험할 수 있습니다!』

"하지만 니키를 내버려 둘 수 없는걸……!"

만류하는 쿠쿠에게 라비가 그렇게 대답했다. 하지만 저쪽은 숲 안쪽이다……!

엄청난 일이 벌어지고 말았다.

머지않아 해가 저문다.

나는 발소리를 죽이며 황급히 라비의 작은 등을 쫓았다.

32화 아저씨, 딸이 걸어갈 길을 생각하다

니키와 라비의 뒤를 쫓아 숲속에 들어갔다.

두 사람이 길을 잃으면 큰일이다.

하지만 의외로 니키는 숲 초입에 웅크리고 있었다.

오히려 불길한 예감이 들었다.

무슨 일이 있었던 게 아닐까……?

"니키……!"

달려간 라비가 뒤에서 니키의 모습을 살폈다.

……! 이건…….

"윽, 으으…… 아파……!"

니키는 넘어졌는지 크게 까진 무릎을 끌어안고서 아파하고 있었다.

가엾게도……!

숲의 흙은 부드럽기에 상처 자체는 그렇게 깊지 않은 듯했다.

다만 무릎에서 발목까지 일직선으로 긁혀서 피가 났다.

범위가 넓어서 매우 아파 보였다.

나는 치료를 위해 서둘러 스텔스 스킬을 풀려고 했다.

하지만 그때, 라비가 생각지 못한 행동을 보였다.

"니키, 괜찮아……."

니키 옆에 웅크려 앉아 상처 위로 살며시 손을 들었다.

“잠깐만 기다려……. 금방 고쳐 줄 테니까……!”

“라비……?”

라비는 입술을 꾹 다물고서 긴장한 얼굴로 심호흡했다.

“《생명을 지키는 상냥한 여신, 치유의 빛을— 완전 회복》……!”

라비의 작은 손바닥에서 상냥한 빛의 입자가 몽글몽글 생겨났다.

반딧불이 같은 그 입자가 니키의 애처로운 상처 위로 사르르 쏟아졌다.

아직 회복 마법이 익숙하지 않고 레벨도 낮아서 상처가 순식간에 사라지지는 않았다.

라비의 작은 이마에 땀이 맺혔다.

그래도 조금씩 상처가 아물었다.

그와 비례하여 고통스럽게 일그러져 있던 니키의 얼굴이 조금씩 편안해졌고—.

몇 분에 걸쳐 마침내 라비는 니키의 상처를 없앴다.

“후, 우…….”

완수하여 안도했을 것이다.

라비가 모아 뒀던 한숨을 크게 내쉬었다.

어느새 이런 일을 할 수 있게 된 걸까.

굉장해, 라비…….

나는 딸의 성장에 너무 감동하여 희미하게 떨고 말았다.

“라비, 이제 전혀 안 아파!”

© 2019 Fuzichoco

“다행이다…….”

라비는 안도하여 미소 짓고 니키 옆에 털썩 주저앉았다.

상당히 체력을 소모했는지 어깨를 들썩이고 있었다.

“괜찮아……?”

“응, 아무렇지도 않아. 열심히 고치느라 조금 지쳤을 뿐이야…….”

“고마워, 라비…….”

생긋 미소 지으며 고개를 끄덕이는 라비를 보고 니키가 뺨을 붉혔다.

“근데 너, 어느새 마법을 쓰게 된 거야?”

“……매일 몰래 연습했어. 아빠를 깜짝 놀라게 하고 싶어서.”

라비는 조금 쑥스러워하더니 「쉿~!」 하고 검지를 입술에 댔다.

“니키도 말하면 안 돼. 비밀로 해 줘.”

“아, 알겠어.”

니키는 허둥지둥 자신의 입을 손바닥으로 덮고 고개를 끄덕거렸다.

아이들의 귀여운 모습을 지켜보며 나는 한편으로 복잡한 기분을 느꼈다.

이 아이들의 순진한 마음이 상처 받는 일은 일절 일어나지 않기를 바라는데.

그 단순한 바람조차 이루어지지 않을 것을 나는 머리 한편으로 이해하고 있었다.

“라비, 고마워. 나를 쫓아와 줬구나.”

“친구니까. ……니키, 돌아갈 수 있겠어?”

"……."

라비의 물음에 니키는 가라앉은 표정으로 입을 다물었다.

라비는 가만히 니키를 바라보다가 치맛자락을 매만져 고쳐 앉았다.

곧 해가 저문다.

어깨에 있는 쿠쿠가 안절부절못했다.

라비는 어쩌려는 걸까.

나처럼 니키도 라비의 생각을 읽을 수 없었는지 불안한 얼굴로 라비를 살폈다.

그런 가운데, 먼저 입을 연 사람은 라비였다.

"니키, 괴롭지?"

라비는 나직이 중얼거렸다.

"하지만 훌륭했어."

니키는 묵묵히 라비의 말을 들었다.

"확실하게 막았잖아……?"

"내가 막았다고? 뭘?"

"음, 못된 마음이 되풀이되는 걸 막았어……. ……있지, 니키. 니키네 아빠가 어째서 못되게 굴어도 참으라고 했는지 알아?"

니키는 고개를 가로저었다.

"니키가 만약 뭔가 했다면 그 아이들은 니키를 더 싫어했을 거야. 그 아이들의 친구도, 니키에게 아무 짓도 안 당했는데 싫어했을지도 몰라……."

"……그러네. 나도 친구가 무슨 짓을 당하면 그 녀석에게 갚아 줄 거야."

"그러면 못된 마음이 자꾸만 계속된대. 그런 게 줄곧 이어진 것이 인간과 엘프야……."

니키는 대충 납득한 얼굴이었다.

"아빠는 그걸 막으려고 나한테 그렇게 말했구나."

"맞아. 그러니까 니키는 훌륭했어. 니키가 오늘 참은 게 언젠가 엘프와 인간이 친해지는 미래로 이어질 거라고 나는 생각해……."

"라비……."

니키는 왈칵 차오른 눈물을 허둥지둥 손등으로 닦았다.

나는 우두커니 서서 두 사람을 바라보고 있었다.

무척 놀랐다.

설마 라비가 이런 생각을 하고 있을 줄이야…….

처음 만났을 때는 고맙다고 말하는 것조차 조심스러워했던 라비.

내 일거수일투족을 가만히 살피던 모습이 오래전 일처럼 여겨졌다.

그랬던 라비가 지금은 자신의 의견을 가지고서 필사적으로 친구를 위로하고 있었다.

왠지 가슴이 벅차오르고 눈시울이 뜨거워졌다.

캐트리 때도 그랬지.

라비는 상처 받은 사람의 마음을 보듬고 열심히 위로하는 아이이다.

아픔을 알기에 다른 사람에게 상냥해질 수 있는 것이다.

어느새 니키의 얼굴은 부드럽고 온화한 표정으로 돌아와 있었다.

라비의 말이 니키의 마음에 쌓인 슬픔을 푼 듯했다.

"가자, 니키."

"……그래."

일어난 라비가 내민 작은 손을 니키가 꽉 맞잡았다.

『이쪽입니다! 야영장 이쪽입니다!』

"고마워, 쿠쿠."

두 사람은 마주 보며 미소 짓고서 야영장으로 돌아갔다.

……내가 나설 차례는 전혀 없었네.

라비와 니키의 뒷모습을 지켜보며 몰래 쓴웃음을 지었다.

아이는 기쁨과 슬픔을 알며 어른이 되어 간다고 들은 적이 있다.

나도 그 말이 옳다고 생각한다.

라비는 타고난 순진함과 상냥함을 간직한 채 올곧게 성장하고 있다.

아마 앞으로도 라비는 불합리한 일을 많이 경험할 것이다.

그건 어른이 되기 위해 필요한 시련일지도 모른다.

차별, 괴롭힘, 편견.

세상에 널려 있는 부조리와 사람들의 추악한 마음.

그런 것들이 아이의 깨끗한 영혼을 더럽히지 않기를 나는 기도하지 않을 수 없었다.

33화 아저씨, 왕립 기사단 단장 스카우트를 간단히 거절하다

1박 2일 캠프가 무사히 끝나고 학교에서 해산하는 것을 바라보며 나는 숨을 내쉬었다.

이런저런 일이 있었지만, 아이들이 어려움을 극복해서 다행이다.

피곤할 텐데도 아이들은 큰일을 완수한 듯 뿌듯한 표정을 짓고 있었다.

부모 곁을 하루 떠난 것만으로도 아이는 의젓해진다.

옆에서 성장을 지켜본 나는 아이들을 잔뜩 칭찬해 주고 싶었다.

그러기 위해서도 한발 먼저 여관으로 돌아가야겠지.

앞질러 『돼지의 밤울음』에 돌아온 나는 여관에서 기다리던 부모들에게 캠프에서 일어난 일을 설명했다.

"그런가요……. 그런 일이 있었군요."

아들이 겪은 일을 듣고 루이도 분명 상처 받았을 것이다.

그렇게나 걱정했었다.

부모라면 아무렇지도 않을 리 없다.

에이허브 부부도 그런 루이를 걱정스럽게 보았다.

나는 어떻게 말할지 고민하며 위로하듯 루이의 어깨를 가볍게 두드렸다.

"감사합니다, 더글러스 씨."

"괜찮아?"

"네. 동요하고 말았지만 괜찮습니다. 그보다도 저는 니키의 강함을 칭찬해 주고 싶어요."

루이의 말에 나는 정신이 번쩍 들었다.

"아들은 분하고 괴로웠을 겁니다. 하지만 그런 마음을 꾹 참고 극복했어요. 우리 어른 엘프들이 줄곧 피했던 일과 정면으로 맞섰어요. 저는 아들이 자랑스럽습니다."

그렇게 말하며 미소 짓는 루이의 얼굴은 밝았다.

"그리고 다이애나 양도. 무서웠을 텐데 아들을 감싸 줬군요."

"하하하. 우리 딸은 성격이 드세니까."

"돌아오면 그 아이도 크게 칭찬해 줘야겠어. 그렇지? 여보."

우리 부모들의 마음은 하나였다.

에이허브 부부도, 루이도, 나도.

아이들의 행복을 생각하며 서로를 격려했다.

이런 관계는 좋구나.

"아! 저기 좀 보세요, 여러분. 아이들이 돌아왔어요."

부인이 여관 창문을 가리켰다.

반대편 길에서 세 아이가 사이좋게 손을 잡고 돌아오는 모습이 보였다.

우리가 문으로 달려감과 동시에 씩씩하게 웃는 얼굴이 나타났다.

"다녀왔습니다~!"

생기 넘치는 밝은 인사.

부모의 얼굴을 보고 안도하여 웃는 아이들.

니키를 쫓아갔을 때는 그렇게나 용감했던 라비가 나를 올려다보며 조금 울 것 같은 표정을 지었다.

열심히 노력했구나, 라비.

우리는 어서 오라고 말하며 자신의 아이를 꽉 끌어안았다.

◇◇◇

—사건은 언제나 느닷없이 일어난다.

아이들을 맞이하고 한숨 돌렸을 때, 갑자기 거친 부츠 소리를 내며 남자 몇 명이 『돼지의 밤울음』을 찾아왔다.

그들의 차림새를 보고 무슨 일을 하는 자들인지 바로 알았다.

빨간 망토와 검은 갑주.

발자크의 헌병대였다.

"이곳에 더글러스 포드 님이 계신다는 말을 듣고 왔습니다."

여관에 있던 손님들이 일제히 술렁거렸다.

"저건 헌병대장이잖아!"

"손에 든 금색 종이를 봐! 저건 국왕의 칙서야!"

지명당했는데 모른 척할 수는 없었다.

나는 불길한 예감을 느끼며 어쩔 수 없이 헌병대장 앞에 나갔다.

"오오, 더글러스 포드 님. 뵙게 되어 영광입니다. 바로 용건을 말씀드리자면, 우리의 왕께서 당신의 힘에 경의를 표하여, 왕립 기사단장이 되어 왕가에 진력하기를 바라십니다."

"기사단의 단장이라고?!"

곳곳에서 놀란 목소리가 터져 나왔다.

하지만 나는 기가 막혔다.

용사 일행으로서 앨런의 파티에 있을 적에 나라의 일을 몇 번 한 적이 있었다.

그때부터 국왕 폐하의 강제성은 두드러졌었는데 지금도 여전했다.

"지금 기사단장은 왕국 제일의 검사 그웬달이 맡고 있을 텐데."

"국왕 폐하는 그웬달을 사임시켜서라도 당신이 오기를 바라십니다. 단장 자리에는 인망, 통솔력, 병사의 사기를 높이는 힘을 가진 누구보다도 강한 실력자가 앉아야 합니다."

말도 안 되는 소리 하지 말라고 외칠 뻔했다.

사임시켜서라도 나를 앉히겠다고?

어떻게 그런 의리 없는 발상을 떠올렸는지 나는 이해할 수 없었다.

"그웬달과는 나도 아는 사이야. 그는 아주 훌륭한 남자야."

"더글러스, 그 전설의 검사와 아는 사이야?!"

"예전에는 자주 술잔을 주고받았지."

그웬달만큼 단장에 적합한 인간은 없을 것이다.

그런 인물을 폐하고 나를 추대하겠다니 안목이 전혀 없다.

"더글러스 님. 왕께서는 당신을 위해 막대한 보수와 지위, 명예를 준비해 두셨습니다."

어떻게 말하면 좋을까.

그들도 국왕의 사자로서 왔으니 빈손으로 돌아갈 마음은 없을 것이다.

하지만 좋은 대답을 해 줄 수도 없었다.

최소한 어설프게 얼버무리지 말고 단호히 거절하는 것이 성의겠지.

“미안하지만, 당신 곁에 있는 인재를 소중히 여겼으면 좋겠다고 국왕에게 전해 줘.”

“거절하시는 겁니까? 국왕의 사람이 되는 것만큼 모험가에게 명예로운 일은 없을 텐데요!”

“공교롭게도 나는 이제 모험가가 아니야. 어쨌든 라이센스를 박탈당했거든.”

에이허브가 푸핫! 하고 웃음을 터뜨렸다.

웃을 일이 아니야. 나는 악우를 찌릿 노려보았다.

“이, 이건 국왕의 명령입니다!!”

최후의 수단이라는 것처럼 외쳤다.

그래도 내 마음은 흔들리지 않았다.

“미안하다.”

나는 딱 잘라 말했다.

“나는 아이 키우느라 바빠. 다른 사람을 알아봐 줘.”

“윽…….”

헌병들은 납득하지 못한 얼굴로 입을 다물었다.

그래도 대꾸할 말을 찾을 수 없었는지 마지못해 떠나갔다.

“정말이지. 나 같은 걸 스카우트하려고 저렇게 흉흉한 분위기로 올 필요는 없을 텐데.”

“아, 아빠…….”

라비가 머뭇거리며 다가왔다.

“정말 거절해도 돼? 괜찮아……?”

“아아, 라비, 미안해. 걱정 끼쳤구나.”

나는 라비 앞에 쭈그려 앉아 시선을 맞췄다.

“하지만 라비라면 이해하지? 아까 그 헌병들이 말했던 지위나 명예 같은 것에 나는 전혀 관심이 없어.”

“으, 응…….”

“라비가 그런 얼굴 하지 않아도 돼. 나는 필요 없는 걸 필요 없다고 말했을 뿐이니까.”

그렇게 전하자 라비는 조금 안도하여 고개를 끄덕였다.

“기사단의 단장이라니, 나에게는 과분해. 단원들과 왕족, 국민 모두를 지키기 위한 일은 도저히 맡을 수 없어. 예쁜 딸을 지키기만도 벅차니까!”

나는 라비를 안아 들고 위로 붕붕 띄웠다.

“와아……!”

“오늘은 축하 파티를 열자! 라비가 여름 캠프에서 크게 성장한 기념으로. 모두 다 함께 말이야.”

“응……! 나도 파티 도울게……!”

라비의 얼굴이 밝아진 것을 보고 안도했다.

하지만 마음에 걸렸다.

그 국왕이 억지를 부리는 거야 새삼스럽지도 않지만, 갑자기 기사단 단장을 바꾸겠다니.

유감스럽게도 불길한 예감은 대체로 들어맞는 법이다.

내가 품었던 불안도 예외는 아니라서, 이튿날 아침, 훌륭하게 적중하고 말았다.

지금『돼지의 밤울음』은 헌병대원들에게 포위되어 있었다.

헌병대원의 수는 약 50명.

그들은 나를 절대 놓치지 않겠다는 강한 의지를 가지고 있는 듯했다.

"더글러스 포드. 우리 왕립 헌병단의 권한으로 귀공을 연행한다."

"뭐…… 뭐라고?!"

"아빠……!"

걱정한 라비가 와락 안겼다.

나는 라비의 몸을 끌어안고 곤혹스럽게 헌병대장을 마주 보았다.

그의 얼굴에는 단호한 의지가 깃들어 있었다.

그 눈에서 희미한 두려움이 느껴졌다.

나를 데려오지 못하면 지위를 박탈하겠다는 협박이라도 받은 걸까.

곤란하게 됐다.

나는 그저 조용히 라비의 행복을 지키고 싶을 뿐인데.

—이것만큼은 피하고 싶었지만.

그 국왕을 상대하려면 직접 만나서 대처할 수밖에 없을 것 같다.

■작가 후기

안녕하세요, 오노나타 마니마니입니다.

이번에 이렇게 『모험가 자격을 박탈당한 아저씨지만, 사랑하는 딸이 생겨서 느긋이 인생을 즐긴다』 3권을 구매해 주셔서 감사합니다.

근황 보고에도 썼지만 제게는 첫 3권입니다.

아저씨랑 라비와 함께 여기까지 걸어올 수 있었던 것도 응원해 주신 여러분 덕분입니다.

아무쪼록 앞으로도 두 사람의 여행을 따뜻하게 지켜봐 주세요.

본작 집필 중에 저한테 무슨 일이 있었나 되돌아보고 생각났는데, 백화점 계단에서 낙하하여 3주 정도 못 걸었습니다.

평소에도 멍하니 걸어 다녀서 노상 발을 삐끗합니다.

하지만 아무리 그래도 계단에서 떨어진 건 처음이라 귀중한 체험이 되었습니다.

이것도 창작의 밑거름으로 삼고 싶습니다.

본문 중에 다친 에이허브도 이런 느낌이었을까요…….

여러분도 다치지 않게 조심하세요……!

마지막으로 제작에 관여해 주신 분들께 감사 인사를 드리고 싶습니다.

일러스트를 담당해 주신 후지 초코 님, 언제나 멋진 삽화를 그려 주셔서 감사합니다! 이번 권의 새로운 캐릭터, 쿠쿠와 캐트리가 너무 귀여워서 「와아아아」 했습니다.

담당자 M 님, 개고 원고에 매달려 좀처럼 손을 떼지 못해서 폐를 끼쳤습니다……. 버리지 말아 주세요…….

그리고 소설 3권에 맞춰 만화판 『모험가 자격』 2권도 동시 발매됩니다!

드래곤 퇴치와 엘프들과의 만남을 겪으며 더글러스와 라비의 인연이 깊어지는 모습을 이번에도 정성껏 그려 주셨습니다.

소설판과 함께 즐겨 주신다면 좋겠습니다!

2019년 3월 어느 날 벚꽃 개화를 기다리며 오노나타 마니마니

모험가 자격을 박탈당한 아저씨지만, 사랑하는 딸이 생겨서 느긋이 인생을 즐긴다 3

초판 1쇄 발행 2021년 3월 20일

지은이_ Manimani Ononata
일러스트_ Fuzichoco
옮긴이_ 송재희

발행인_ 신현호
편집부장_ 윤영천
편집진행_ 김기준 · 김승신 · 원현선 · 권세라 · 유재슬
편집디자인_ 양우연
관리 · 영업_ 김민원 · 조인희

펴낸곳_ (주)디앤씨미디어
등록_ 2002년 4월 25일 제20-260호
주소_ 서울시 구로구 디지털로 26길 111 JnK디지털타워 503호
전화_ 02-333-2513(대표)
팩시밀리_ 02-333-2514
이메일_ lnovelpiya@naver.com
L노벨 공식 카페_ http://cafe.naver.com/lnovel11

ISBN 979-11-278-5886-5 04830
ISBN 979-11-278-5441-6 (세트)

값 10,000원